天使のあまい殺し方

神奈木 智

幻冬舎ルチル文庫

CONTENTS ✦目次✦

天使のあまい殺し方

✦カバーデザイン＝chiaki-k（コガモデザイン）
✦ブックデザイン＝まるか工房

イラスト・高星麻子✦

天使のあまい殺し方

1

アルバイトをクビになったのは、何も自分の能力が低いせいじゃない。

ちょっと、女の子に受けが良かっただけじゃないか。

百合岡湊《ゆりおかみなと》は一人暮らしのマンションへ戻ると、憮然《ぶぜん》とした面持《おもも》ちでフローリングの床に座り込んだ。気晴らしにテレビをつけてみたが、画面に映る浴衣《ゆかた》姿の女の子が「そろそろ秋祭りの季節ですねぇ」なんてはしゃいでいて、ますます気分は暗くなる。

何故《なぜ》なら、秋祭りが来る前に滞納分の家賃を払わなくてはならないからだ。

つい先ほど不本意な形で収入源を断たれた身としては、祭りよりも金が重要だった。

「……ったく、何なんだよ」

画面に八つ当たりをしながら次々とチャンネルを替えてみるが、興味をそそられるような番組はどこもやっていない。もともとテレビはあまり観ないし、午後八時台と言えばいつもならバイトに精を出している時間帯だ。

それが、やることもなくテレビを眺めているなんて。

自分がひどく冴《さ》えない男になった気がして、湊は知らず溜《た》め息《いき》を漏《も》らした。

元はといえばバイト先のカフェで一緒になった女子大生二人と、同時に仲良くなりすぎたのがまずかった。思わせぶりな態度を取ったつもりはないが、いつの間にかそれぞれが勝手に期待を膨らませ、どちらが湊の本命かでいがみ合うようになってしまったのだ。

誓って言うが、二股など断じてかけてはいない。今は特に恋人が欲しいと思っていなかったので、上がりが一緒の時に夕ご飯を食べるとか、どこかで軽く飲むとか、その程度の軽い付き合いだと思っていた。

けれど、そんなのは彼女たちにとって言い訳にしか聞こえなかったようだ。二人は些細《ささい》なことからお客の前で大喧嘩《おおげんか》を始め、巡り巡って責任が湊へ回ってきた。前から女性客や同僚の女の子に人気がある湊を快く思っていなかったマネージャーは、この時とばかりにちくちく嫌味を連発し、おまえはいつもチャラチャラしているからと暴言を吐いた。これには湊もカチンときて言い返し、口論の末に明日からもう来なくていいと言われてしまったのだ。無論、湊の方も頭を下げてまでとりなそうとはしなかった。

「ちょっと、短気だったかなぁ」

冷静になった今では、後悔の念が湧いてこなくもない。時給も良かったし、嫌味なマネージャーを除けば居心地はよかった。ちょうど仕事に慣れてきたところで、働くのが楽しくなりかけた矢先だったのだ。しかし、今更後悔しても時間は戻らない。

「……バイトなんか、探せばいくらでもあるさ」

景気づけに買ってきた缶ビールを開け、湊はぐびりと勢い良く口をつけた。強気な独り言とは裏腹に、心の中では「でも、夏休み中はどこも勤労学生で溢《あふ》れてるしなぁ」とかなり弱気なことを考える。大学三年の自分もその中の一人で、後期の授業が始まる九月の末までまだ半月近くあるのだった。

「まいったな……」

気がつくと、また溜め息を漏らしている。ビールがひどく苦い。

湊がこのように落ち込んでいるのには、それなりの理由があった。間の悪いことに先月父親と卒業後の進路のことでやり合ってしまい、仕送りを止められてしまったのだ。いずれ実家に戻って再度話し合わねばと思ってはいるが、しばらくは親を当てにできそうもない。まして、バイトをクビになったから、なんて口が裂けても言えなかった。

ビールが三缶目に突入した頃、つけっぱなしのテレビでは学園ドラマが始まっていた。高校生の男女数人が、小さな画面で好きだ嫌いだと大騒ぎをしている。湊はしばらく眺めた後「こいつら、お気楽そうでいいよなぁ」と呟《つぶや》いた。

恋愛以外何も考えていない、空っぽなセリフと大袈裟《おおげさ》なBGM。出演者もほとんどが腰かけ芝居のアイドルで、演技力のなさを無意味なアップでごまかしてもらうお粗末さだ。それでもドラマのタイトルは聞いたことがあるから、視聴率はそこそこ稼いでいるのだろう。

「顔さえ良けりゃ、セリフなんか棒読みでもOKだし。そのくせ、ギャラは俺のバイト代の数十倍なんだろ。チャラチャラってのは、ああいう連中のことを言うんだって」

テレビに向かって毒づくなんて、いよいよオヤジ化してきた証拠だ。

自己嫌悪に陥りつつ、湊は四缶目に手を伸ばそうとした。

『おまえがあいつを好きだってこと、とっくにわかってたんだよ！』

え……——？

耳に飛び込んできた声に、思わず視線が引きずられた。それまでのヌルい画面が一変し、ドラマに緊張感が張り詰めている。凛《りん》と通った涼やかなセリフは、耳に心地良い音になって湊の意識を鷲掴《わしづか》みにした。

『どうして俺にまで嘘《うそ》をつくんだ？　同情しているのか？　そんな優しさってありかよ！』

そのセリフは、一人の男子生徒役から発せられている。登場人物の中では比較的小柄な方だが、そんなことが気にならないほど彼は存在感に溢れていた。

「目……かな。何か、すげぇ目力……」

思わず、そんな呟きが漏れてしまう。少年の面影を色濃く残しつつ、その表情は恋によって仄《ほの》かに色づけされ、画面の向こうから見据える瞳には不思議な艶《つや》があって目が離せなかった。こんな瞳で見つめられたら、どんな要求にもイエスと言ってしまいそうだ。

『え……ど、同情なんかじゃなくて、俺はおまえが親友だから……』

『親友だからこそ、おかしな遠慮なんかするなって言ってるんだ』

『あ、うん……ごめん……』

気の毒なほど演技力に差があるせいで、会話が完全にぎくしゃくしている。編集でどうにかできなかったのかと思うが、たとえ弄《いじ》ったところで空気感まではごまかせないだろう。親友役の子もよく見る顔なので売れっ子なんだと思うが、いかんせん素人目《しろうとめ》にも素質の違いは明らかだ。無論、才能があるから売れるとは限らないが、湊の目が釘付けになったように、この瞬間、テレビの前の視聴者に強烈な印象を残したのは間違いない。

「こいつ、誰だっけ……」

無意識に身を乗り出した湊は、見覚えはあるんだけど……と懸命に記憶を手繰《たぐ》り寄せた。アイドルに気を取られている場合ではないが、どうにも気になって落ち着かない。

「確か、最近どんどん人気が出てきた奴だよな。そうだ、パソコンのＣＭに出てた……」

柔らかそうな真っ黒の髪と、利発な輝きを見せる大きな瞳。

成長途中の甘い顔立ちは、あと数年もすれば凛と引き締まったかなりの男前に育つだろう。繊細で物憂い表情は思わず深読みをしたくなるし、頑固そうな口元には逆に征服欲をかきたてられる。まだまだ線の細い身体《からだ》つきも、綺麗《きれい》にバランスが取れているのでしゃんと気丈な雰囲気に溢れていた。

「えっと、名前何だっけ。く……久遠《くどう》……ナントカ……」

その瞬間、けたたましい勢いで携帯電話が鳴り出した。おぼろげに浮かんだ名前が頭から吹っ飛び、湊は顔をしかめながら鞄《かばん》から引っ張り出す。液晶の『母』の文字に一瞬身構えたが、無視するわけにもいかないので渋々と電話に出た。

「……もしもし」

『もしもし、湊？　元気なの？　あんたってば、いつ電話しても留守電なんだから』

「……今、ちゃんと出てるだろ。何だよ？」

やれやれ、と胸で溜め息をつき、居留守を使わなかったことを後悔する。母親の電話は話が長くて、さっさと切れないのが難点だ。

「あのさ、用件は手短にしてくれよな。俺、これでも忙しいんだから」

ビール飲んでテレビ観ていたくせに、と自身にツッコみを入れつつ、あくまで素《そ》っ気《け》なく言い放つ。さっきまで「親を当てにはできない」と思っていたものの、うっかり油断すると甘えたことを口走ってしまいそうで嫌だった。

『ああ、実はねぇ、あんたにちょっとお願いがあるのよ』

「お願い？」

『そう。湊、今やっているカフェのバイトって辞められない？』

「え……」

いつもは回りくどい話し方をする母親が、どういうわけか今夜は直球だ。しかも、バイトを辞められないかとは穏やかではない。内心ギクリとしたが、とっくにクビになっているとはやはり言いたくなかったので、湊は曖昧《あいまい》に返事を濁した。

「いや、そういうの急に言われてもさ……こっちにも都合が……」

『実はねぇ、あんたにバイトを頼みたいって人がいるのよ。報酬なら、今のところより多く出すって言ってくれてるし。どう、話だけでも聞かない？』

「え。出すって、どれくらい？」

情けないが、今の自分には聞き逃《のが》せない一言だ。息子が食いついたのを察した母親は、これ幸いとばかりに畳み掛けてきた。

『あのね、お母さんの知り合いに家庭教師を探している人がいるのよ。息子さんの成績を、短期間で確実に上げて欲しいって言うの』

「家庭教師？」

『湊、前にもやってたことあるじゃない。ほら、従兄弟《いとこ》の洋太《ようた》くんを志望校に入れてあげたでしょ？　あんな感じで、またやってあげてくれない？』

「いや、従兄弟に教えるのと赤の他人じゃ、また違うって。それに、短期って一体どれくらい？　今が九月だから、中学や高校なら二学期が始まったとこだろ」

『それがねぇ……』

不意に口ごもられ、何となく嫌な予感に襲われる。調子よく話していたくせに、と警戒心を高める湊の耳に、母親の言い難《にく》そうな声が流れ込んできた。

『期限は、一ヶ月ちょっとぐらいなのよ。十月半ばに中間試験があるんで、それまでに何とかしたいんですって。そのテストで成績を上げないと、退学だか留年になっちゃうらしくて困ってらっしゃるのよ。ええと、各教科平均で八十点以上は取りたいんですって』

「はぁ？　成績不良で退学だぁ？」

そんなバカな、と呆《あき》れると同時に、「各教科平均八十点以上」という言葉にギョッとする。元の成績は知らないが、本人がよほど優秀でない限り目標と言うには現実離れが過ぎるのではないだろうか。

「ああ、わかった。つまりあんまり成績が落ちると皆についていけなくなって、結果的に学校をやめざるを得ないってことか。きっついなぁ。それ、どこの学校？」

『ええとね、確か松《まつ》ノ《の》宮《みや》学院とかって……』

成程《なるほど》、松ノ宮か。

名前を聞いて、湊もすぐに得心がいった。都内どころか全国でも指折りの進学校で、東大進学率が常にトップ3に入る優秀な私立高校だ。

「まぁ、あそこなら厳しいと思うよ。かなりハイレベルの進学校だし。てか、入学しただけでも大したもんだよ。じゃあ、もともと頭は良いんだな」

『あのね、湊。そんな悠長に感心している場合じゃないのよ。お母さん、くれぐれもって頼まれちゃったんだから。ねぇ、そういうわけだから、あんた家庭教師やってくれない？　バイト代の他に、成功報酬もつけるって話よ？』

「や、無理だって。そんな優秀な生徒、俺に教えられるわけないだろ」

『そんなことないわよ。洋太くんだって、偏差値二十も上げて奇跡だって言われたじゃないの。あの要領でいいから、何とかしてあげてよ』

「あれは、以前のあいつがサボりすぎてただけで……」

まいったなぁ、と湊は嘆息した。高額なバイト代には猛烈に心を惹《ひ》かれるが、たった一ヶ月で成績を上げないと退学とはあまりにもプレッシャーが重すぎる。しかも、有数の進学校に通う生徒が相手では、下手《へた》をしたらこちらが教えられる方になってしまう。

「あのさ、ぶっちゃけ予備校に通うかプロの家庭教師に頼んだ方がいいと思うよ。その方が成果が出やすいと思うし……俺なんか、ただの大学生なんだからさ」

『何を言ってんのよ。湊だって、現役で国立に入ったじゃない。高校の先生だって、もっと頑張れば一橋《ひとつばし》狙《ねら》えるって言ってたのに、あんた面倒だからやだって』

「いや、そんな何年も前のこと言われても」

『とにかく、ここはお母さんの顔を立ててよ。ほら、もし受けてくれるなら、あんたの仕送りの件をお父さんにとりなしてあげるから。もう二ヶ月も途絶えてるし、かなり困っているんじゃないの？　湊もお父さんも頑固で、どっちも引かないから』

「う……」

『このままだと、お父さんの機嫌は直らないわよ。卒業まで仕送りしない、とか言い出しかねないわね。あんたが、地元に帰らないで東京に就職するなんて言うから』

話がすっかり逸《そ》れているが、母親は気づかずに説教が始まった。それを右から左へ聞き流しながら、湊は揺れる心と必死で戦う。まさか父親が本気で仕送りを止めるとは思いたくないが、可能性はゼロではない。だが、生活費を稼ぐためにバイトばかりしていたら、卒業そのものが危うくなるのは明白だ。

足元を見やがって、と毒づきつつ、しばし真面目《まじめ》に考えた。

たとえ一ヶ月で成績を上げることができなくても、よもやタダ働きにはならないだろう。教えた分だけのバイト代は貰《もら》えるはずだし、成功報酬を諦《あきら》めればいいだけだ。

「言っておくけど、俺、各教科八十点以上の確約はできないぞ？　努力はするけど、何より本人の頑張りが一番大切なんだから。それでも、文句が出ないのなら……」

『やってくれるの？』

すかさず、説教が中断された。現金なもので、もう母親の声は弾んでいる。

『ああ、良かった。これで、お母さんも肩の荷が下りたわ。もうね、ずいぶん切羽《せっぱ》詰まっているみたいで、本当に困っていらしたのよ。教わる息子さんがとにかく気難しくて、今までに何人もクビになってるんですって。人の好き嫌いが、とても激しいとかで』

「ちょっと待った。何だよ、その後出し設定は！」

『でも、湊なら大丈夫。あんた、小さい頃から争いごとの嫌いな子どもだったもの』

「そういう問題じゃないだろっ」

『じゃあ、お母さん、すぐに返事しておくから』

「人の話を聞けってばっ！」

悲痛な叫びも空《むな》しく、どんどん話がまとめられていった。要するに、プロの家庭教師は何人も雇ってきたが、悉《ことごと》く解雇の憂き目に遭っているわけだ。

「その挙句が、知り合いのツテで素人の大学生って……どんだけ性悪《しょうわる》なんだよ」

『あんまり続かないんで、家庭教師の派遣会社ではブラックリスト入りしてるんですって』

「ブラックリスト……」

『その点、湊なら大丈夫よね。お母さんの息子だもの』

何の根拠もない励ましに、ドッと疲れが押し寄せてくる。ただでさえ傷心なのに、またクビとか言われたら立ち直れないかもしれない。だが、迷う気持ちを見抜いたかのように、母親からトドメの一言が放たれた。

『仕送りないと、困るでしょう？』

「……わかったよ……」

そこまで言われたら、もう断れない。

観念した湊は、深い溜め息と共に了承した。

「で、いつからどこへ行けばいいわけ。松ノ宮って男子校だから、生徒は当然男だよな」

せめて可愛い女子高生ならば、まだ楽しい気分になれそうなのに。未練がましくそんな呟きを胸で漏らしていたら、母親がいきなり声のトーンを落としてきた。

『そうそう。言い忘れていたけど、実はその生徒さんね、少し特別な立場なのよ』

「え、病気とか停学中とか？」

『そうじゃなくて……アイドルなの』

「アイ……？」

今のは、何かの聞き間違いだろうか。

一瞬自分の耳を疑い、次いで母親の頭を心配する。アイドルなんて単語、この流れで出てくるには違和感がありすぎた。大体、母親の知り合いに芸能人がいるとは思えない。彼女はごく普通の専業主婦で、東京から新幹線で二時間ほど引っ込んだ田舎《いなか》に公務員の父親とのんびり暮らしている身分だ。

けれど、空耳ではなかった証拠に、母親は更に具体的な名前を出してきた。

『久遠裕矢《ひろや》って聞いたことある？　最近よく話題になっている学園ドラマで、転校生の役をやってる子なんだけど。ほら、パソコンのＣＭにも出てるでしょう？』

「久遠……裕矢……？」

どこかで。

確かに、どこかで聞いた名前だ。それも、ついさっき。いや、さっきどころか……。

「久遠裕矢だって？」

湊は慌てて顔を上げると、つけっ放しのテレビに視線を移した。折しも先ほどの男子生徒が、クラスで一番人気の女子生徒から告白を受けている。彼こそが、先ほど湊が目を留めた、売れっ子アイドルの久遠裕矢だった。

「……こいつ……」

『あら、すぐわかった？　可愛い子よねぇ。世間ではずいぶんな人気者らしいから、おまえも余計な話をベラベラと他人様《ひとさま》にするんじゃありませんよ。それじゃ、詳しいことはまた電話するわ。お母さん、早く先方にお返事しなくちゃいけないから』

「え、あ、ちょ、ちょっと待って……」

『あ～、良かった、良かった。じゃあね～』

「母さんっ！」

息子の気が変わるのを恐れてか、母親は明るく電話を切ってしまう。半ば呆然《ぼうぜん》としながら画面を見つめ、湊は「嘘だろ……」と生唾《なまつば》を呑《の》み込んだ。

「……久遠……裕矢だって……？　こいつの家庭教師を、俺が……？」

テレビやネットで見かけない日はない、注目株の人気アイドル。

そんな彼が超のつく進学校に通っているのも驚きだが、自分がその家庭教師を務めることになるなんてまるきり実感が湧かない。だって、相手は何万、何十万——いや、何百万という人々を熱狂させる、いわば住む世界の違う人間なのだ。

『君の気持ちは嬉《うれ》しいけど、俺は応えるわけにはいかない』

画面の中では、切なげに瞳を伏せる裕矢が映っていた。

震える睫毛《まつげ》、嚙《か》み締められた唇。相手の女子生徒よりもよほど可憐《かれん》と言いたくなる、頼りなくて心細げな表情が胸に迫る。けれど、やはり芯がしっかりしているせいか、ひ弱な感じは微塵《みじん》も感じられなかった。そのバランスは、まるで二次元のキャラクターのようにできすぎている。整った容姿だけでも大きな武器だが、彼の魅力は見れば見るほど惹き込まれる不思議な磁力のようだった。

「アイドル……って……」

こうして。

ごく平凡だった湊の生活に、きらきらの種族が舞い降りてきた。


「あんたが百合岡さん？」

「……百合岡湊です」

「みなと、ね。ふぅん、湊センセイか」

ジロジロと頭から爪先《つまさき》まで無遠慮に眺め回され、憮然として湊は口を開く。

「簡単に自己紹介します。現在、K大理工学部の三年生。君のお母さんとうちの母親が中学の同級生で、今度の件を紹介されました。話によると君は一ヶ月で……」

「あのさ、事情を聞いてるならわかるよね？　俺、時間がないんだけど」

「え……」

「さっさと勉強始めようよ、湊センセイ。今日は二時間しか、自由にならないんだ。おまけに、明日から三日間はロケで東京にいないし」

裕矢は可愛く眉間《みけん》に皺《しわ》を寄せると、邪険な物言いで湊の話を遮った。隣には田宮《たみや》と名乗る彼のマネージャーもいたが、不躾《ぶしつけ》な態度を咎《とが》める大人など周囲にはいないようだ。

（何だかなぁ。確かに、久遠裕矢本人はきらっきらしてるけど）

生意気を絵に描いたような言動に、早くも前途多難な気持ちになる。

生で見る裕矢は、同性ながら見惚《みと》れるほど綺麗な顔をしていた。同じ人間かと思うほど顔が小さく、そのくせ瞳はぱっちりとして黒目もデカい。すらりと伸びた長い手足、柔らかそうな髪に滑《なめ》らかな肌。不規則な生活やストレスの影響など、欠片《かけら》も受けていないような瑞々《みずみず》しさが全身から漂ってくる。

だが、いかんせん、第一印象は最悪だ。

（それが年上に対する口の利き方か、なんて言っちゃまずいんだろうなぁ、きっと）

もともと、気難しくて家庭教師が長続きしない、とは聞いていたのだ。この程度は、まだ予想の範疇《はんちゅう》だった。湊はぐっと文句を呑み込み、一ヶ月の辛抱だと己へ言い聞かせる。

「そうだね。じゃあ、早速始めようか。場所はここでいいのかな」

無理に作り笑いをして、ぐるりと見回したのは某民放局の控室だ。売れっ子の裕矢は出演のたびに専用の部屋を用意してもらっており、そこで顔合わせをするからと呼ばれたのだ。最初は普通に自宅へ通って教えるのかと思っていたが、あまり帰っている時間がないとかで、仕事の合間を縫って勉強することになったのだった。

正直、男子高校生につきっきりかよ、と詳細を聞いた時はウンザリ思った。だが、実際に裕矢を目の前にするとなまじの女の子よりよっぽど美形だ。これなら四六時中一緒にいても苦ではないな、なんて一瞬でも思ったのが甘かった。

(ま、不自由を強《し》いられる分、提示されたバイト料は破格に良かったしな)

これも仕事だ、と割り切ることにして、湊は簡素なテーブルに持参のパソコンを置く。一ヶ月後の試験科目のうち、特に不安だという数学、英語、古文を中心に教えるのだが、つぎはぎの勉強時間でどこまで成果が上がるかは自信がなかった。しかし、松ノ宮学院の生徒なら基本的な学力は高いだろうし、決して望みがないわけではない。その点を頼りに進めていくしかなかった。

「何から始めるの、湊センセイ?」

何となく「センセイ」という発音に、軽い揶揄《やゆ》が混じっている気がする。試されているんだろうか、と湊は思い、あえて知らない振りを通すことにした。

「まず、裕矢くんの基礎学力を知りたい。簡単なテストを作ってきたから、制限時間内で解いてみてくれるかな。その結果で、どこから攻めるか考える」

「へぇ？　わざわざ用意してきたんだ」

「君の言葉を借りれば、〝時間がない〟からね。確実にテストの点を取るには、ポイントを押さえて勉強していくしか方法はない。これ、使い方はわかるよね？」

「ふん……？」

どれどれ、と言うように、裕矢はノートパソコンの液晶を覗《のぞ》き込む。彼の手元には使い込まれた教科書とノートが広げてあり、右手に挟んだシャープペンをくるくると器用に回していた。どうやら、湊が来る前も勉強をしていたらしい。

(こういう姿を見ると、高校生だなぁって気がするけど)

松ノ宮学院は、確か制服があったよな。

今はテレビ出演前の私服だが、裕矢が制服を着たらどんな感じになるんだろう。

パソコンを手慣れた仕草で操作しながら、真面目な顔で問題を解いていく横顔にふとそんな想像が働いてしまう。湊はいかんいかんと狼狽《うろた》え、何か思考を逸らさねばと裕矢から急いで視線を移した。その先に、勉強の邪魔にならないよう隅へ移動して分厚いシステム手帳を睨《にら》んでいる田宮が映る。

「あの、田宮さん」

小さく声を落として、湊は静かに彼へ近づいた。背後でキィボードを叩《たた》く音は少しの澱《よど》みもなく、裕矢は順調に先へ進んでいるようだ。

「何か？　百合岡先生」

「えっと、明日からロケって聞きましたけど、それって俺も同行するんですか？　一応、つきっきりでという話ではありますが……」

「ああ」

パタンと手帳を閉じ、田宮は冷ややかに返事をする。

「沖縄でＣＭ撮りですが、かなりの強行軍なので勉強の時間は取れないでしょう。先生は、東京に戻ってからでけっこうです。また、いらしていただく場所などはメールします」

「わ、わかりました」

「向こう一ヶ月、できるだけロケなど遠方に行く仕事は入れないよう調整してあります。ですが、今回の仕事は以前から決まっていたものなので。申し訳ありません」

慇懃《いんぎん》無礼に詫《わ》びられ、湊はどぎまぎと頭を下げた。

三十代後半とおぼしきスーツ姿の田宮は、一見普通のビジネスマンにしか見えない。けれど、口を開いた途端いかにも切れ者な業界人へと早変わりするのが不思議だった。しかし、その冷たい口調から、彼にとって裕矢の成績などあまり問題ではないのが窺《うかが》われる。むしろ、少ない時間をやり繰りしてまでレベルの高い学校に固執しなくても、という感じがありありと見てとれるほどだ。そのせいか、心なし湊への態度も素っ気ないものだった。

「……できたけど」

湊たちの弾まない会話を尻目《しりめ》に、裕矢が口を挟んでくる。小テストとはいえ、そのスピードには本気で驚いた。おまけに、解答をチェックしたところどの教科も正解率は八割を超えている。思わず感心してしまい、「凄《すご》いな」と素直に呟きが漏れた。

「君、けっこうできるんじゃないか」

「悪いけど、この程度の問題で躓《つまず》いてたら、とっくに俺は退学してるよ。湊センセイ、もしかして俺のこと舐《な》めてたんじゃないの」

「いや、そんなことは……」

「どうだかな。アイドルだからバカだって、頭から決めてかかってたんだろ」

「………」

綺麗な顔をして、言うことがいちいち憎たらしい。湊はかろうじて怒りを堪《こら》えると、「じゃ、数学から始めようか」とわざとらしく笑ってみせた。

母親に「余計な話はするな」と言われてはいたが、やはり人の口に戸は立てられない。湊はごく親しい男友達数名にだけ、家庭教師の件を打ち明けていた。別に自慢したいわけではなく、自分が病気で倒れたり何かの事情でバイトを続けられなくなった時、ピンチヒッターを頼めるように、との考えからだ。無論、口止めはしておいたのだが、数日もすると携帯電話にいろんな人間から連絡が入るようになった。

「……ったく……何なんだよ、皆して浮かれやがって」

大して親しくもない名前を留守録やメールに見つけるたびに、湊は辟易《へきえき》して嘆息する。わざわざ確かめなくても、どうせ「久遠裕矢のサイン貰って」とか「写メ撮ってきて」とか、ひどい時には「合コンに誘って」なんて内容ばかりだった。そのほとんどは女の子からのリクエストで、中には友達の友達とかいう全然知らない相手のメッセージまで混じっている。つくづくトップアイドルの人気は凄《すさ》まじいと、思い知らされる日々だった。

「でもさ、あいつ年下だぞ。高校生なんだぞ」

金銭的に遊ぶ余裕もないので、湊は裕矢がロケの間は自宅待機を決め込んでいる。あまりに暇なのでつい女友達からの電話に出てしまったが、こちらの言葉を聞くなり『百合岡くん、知らないのぉ?』と言われてしまった。

何でも、「久遠裕矢のファンは年齢層に幅がある」のが特徴らしい。十四歳で出演した清涼飲料水のＣＭで話題を集め、次いで著名な映画監督のご指名で主人公の少年時代を好演した。それ以来、業界にも彼を贔屓《ひいき》にしている人間は多く、それに付随するような形で大人のファンも増えていったというのだ。

『それにね、いいのよ、年下でも。ていうか、あたしたちにとって、久遠裕矢って〝貢《みつ》いでもいい年下の男の子〟って立ち位置なの』

「はぁ？　何だよ、それ」

電話口の向こうで得意げに語る友人に、湊はひたすら呆れるばかりだ。

「貢いでもいいって、一体どっから出てくる発想だよ」

『つまりね、純粋に恋愛対象って言うんじゃなくて……可愛がりたい！　って感じなの。もちろん年齢的なこともあるけど、高校生って言っても十七歳ならせいぜい年の差なんて三、四歳でしょ？　今どき、まるきり対象外ってこともないじゃない』

「ん、まぁそうだけどな」

『でもねぇ、裕矢は難しそうなんだなぁ。パッと見は可愛いけど、目つきが生意気でプライド高そうだから、簡単に手なずけられない気がするのよねぇ』

手なずけるって、ペットじゃないんだから。

言うだけ野暮《やぼ》なので黙っていたが、だんだん裕矢が気の毒になってくる。アイドルの宿命とはいえ、こうして不特定多数の人間からイメージを押し付けられ、あまつさえ頼んでもいないのに「貢ぎたい」なんて言われている。それも人気の証《あかし》だろうが、友人の話を聞くだに芸能人なんてなるもんじゃないよな、と思った。もっとも、そんな発言が許されるのは湊のような凡人ではないだろうが。

『でも、本当に百合岡くんが羨《うらや》ましいわ。あの顔、間近で見られるんだもん』

「う～ん、ま、確かに顔は綺麗だな。見飽きないし、どの角度でどんな表情していても目を惹くし可愛いし。ヘアメイクさんとかも、お世辞抜きでベタ褒めしてる」

『ちょっと、ちょっと！』

「え？」

『何よ、その〝オレのカノジョ自慢〟みたいな言い草は。裕矢は男なんですからね。やめてよね、変な目で見るの。百合岡くん、少しモテるからって芸能人は高望みすぎるわよ』

「……は？」

思いも寄らぬ攻撃を受け、いっきに気力が萎《な》えていく。この女は一体何を血迷って、そんな発言をしたのだろう。それでは、まるで自分が裕矢を狙っているようではないか。

「あのな、言われなくたって久遠裕矢は男だよ！　そんなの、俺の方がよく知ってるよ！　控室で着替えるとこも見てるし、トイレだってちゃんと男子トイレに……」

『いやーッ、やめてやめて！　アイドルのトイレ話はやめてーッ！』

大きく叫ぶなり、相手はブツッと電話を切ってしまった。まったく、先日の母親といい今の友達といい、自分の周りにはマイペースな女しか存在していないようだ。

「手なずける……か……」

やれやれと携帯電話を充電器に差し、湊は先ほどの会話を思い出す。

確かに、あの生意気な少年を懐柔するのは並大抵のことではなさそうだ。自分はファンでもなんでもないから、おとなしく勉強さえしてくれれば文句はないが、お近づきになりたい輩《やから》にしてみれば扱いづらいことこの上ないだろう。

口を開けば可愛げがないし、目上への礼儀もなっていない。いや、仕事相手にはきちんと礼を尽くしているから、単に湊が舐められているだけだ。しかし、それが面白くない。

「初日だと思って、ちょっと我慢しすぎたかな」

初めが肝心だと言うが、相手が有名アイドルなので腰が引けていた面は否めなかった。これではいかん、と反省し、次からは厳しくいこうと心に決める。

「ん？」

充電器の携帯電話が、ちかちかとメールの受信を知らせた。田宮だろうか、今度は誰だとウンザリしながら開くと、何のことはない、さっきの女友達だ。

『言い忘れたけど、今日そっちに届くように色紙送っておいたから。友達の分と合わせて、三十枚。いくらでも待つから、絶対にサイン貰ってきてね。百合岡くんは裕矢の先生なんだから、サインくらいお安い御用でしょ？』

「おい、ちょっと待てよ。そんな勝手に……」

冗談じゃない、と狼狽《ろうばい》していたら、続けて二通目を受信した。

『タダとは言わないわよ。美山《みやま》ゼミのレポ、写させてあげる。カテキョのバイトしてたら、やってるヒマなんかないもんね？　夏休み明けには、即行で締め切られちゃうしね〜』

「う……」

『じゃ、そういうことで決まりね。楽しみにしてるから』

笑顔の絵文字とハートの飛び交うメールに、とうとう押し切られてしまう。この間の仕送りもそうだが、どうして自分はこう足元を見られやすいのだろう。

はっきり断れない腑甲斐《ふがい》なさを噛み締めつつ、湊は「今度だけだぞ」と独り言を吐き、渋々色紙を預かってしまったのだった。


「サインなんて、ただ名前が書いてあるだけだろ。有難くも何ともないじゃないか……」

三十枚の色紙を抱えて、湊は憂鬱《ゆううつ》そうにテレビ局の廊下を歩いている。

前回はK局だったが、今日はN局への呼び出しだ。昨夜遅く無事に沖縄ロケから戻ってきたとかで、電話口の田宮から早速場所と時間を指定されたのだ。

「……これ、やっぱりマズイよなぁ」

教えられた裕矢の控室が近づくにつれ、次第に色紙の束が重たくなってくる。

噂だけでこんなに集まってしまうのなら、この先の展開も推して知るべしだろう。だが、勉強する時間すら足りなくて湊を雇っているのに、サインを悠長に書いているヒマなどあるわけもない。

「第一、頼めるほど親しくもないしなぁ」

どう切り出していいかもわからないので、とりあえず持参の紙袋に色紙を戻す。気を取り直してドアをノックしてみたが、中からは返事が返ってこなかった。

「あれ……」

何度かノックをくり返してみたが、やっぱり物音一つ聞こえてこない。田宮は打ち合わせがあるので遅れると言っていたが、裕矢は先に来て待っているはずだ。それとも、急な変更でもあったのだろうか。

「裕矢……くん……?」

恐る恐るドアを開け、誰もいないのかと視線を巡らせてみる。だが、次の瞬間、湊はあっと息を吞んだ。メイク用の鏡の前に突っ伏す人影は、よくよく見ると裕矢ではないか。

「寝てる……」

驚いて駆け寄ろうとした寸前、規則正しい寝息が聞こえてきた。え、と面食らいながら近づいてみると、間違いなく裕矢本人が眠っている。様子を窺う気配に気づきもせず、すうすうと気持ちよさそうな寝顔がそこにあった。

「そっか……沖縄から帰ったばかりだもんな……」

何だか気が抜けてしまい、湊はやれやれと苦笑する。裕矢は南国帰りとは思えない、抜けるような白い肌だった。ドラマの撮影があるから日焼け厳禁、なんて田宮に注意されていたのをぼんやりと思い出す。

「頑張ってるんだよなぁ」

人気者の宿命だが、こんなにくたくたになるまで仕事をこなすなんて、少し可哀相《かわいそう》な気がしてきた。ちらっと壁の時計を確認すると、もうすぐ午後の十時になろうとしている。

「……さて。どうしようかな」

湊は傍《かたわ》らのパイプ椅子《いす》を広げると、裕矢の隣に腰を下ろした。安らかな呼吸は、彼の眠りが深いことを表している。長い睫毛は震えもせず、微《かす》かに開かれた唇からは貝のような白い歯が覗けていた。

こんなに細くて、小さいのに。

思わず、そんな呟きが心に漏れる。

高校二年の平均と比べれば裕矢は「やや小柄」くらいなのだが、湊は自分が百八十を越える長身なので、ついそんな風に見えてしまうのだ。

あるいは、裕矢の浮世離れした美貌《びぼう》が湊の庇護欲を強烈にそそったせいかもしれない。

「こんなんで、よく体力もつよなぁ」

しみじみと感心しつつ、軽い溜め息をついた。

どんな角度から見ても目を惹くと友達に言ったが、あれは決して誇張ではない。こうして間近で見ていると、やっぱり惹き込まれそうになってしまう。同年代の男の子に比べ、裕矢の持つ品の良さや清涼感などは、どこか中性的で独特の甘い香りを放っていた。

つまり、これが『アイドルの実力』ってヤツなのかもしれない。

いくら態度がデカくて口が悪くても、全部許されて当然だ——危うく、そんな暴論まで認めそうになった自分に湊は愕然《がくぜん》とした。

「……よし」

本当は、裕矢を起こしてすぐに勉強を始めた方がいいのはわかっている。だが、忍びなくてなかなか実行に移せない。そんな中で、一つだけ唐突に決心したことがあった。

おもむろに椅子から立ち上がると、湊は色紙を入れた紙袋を乱暴にゴミ箱へ押し込んだ。サインを三十枚書く時間で、裕矢は何分眠れるだろう。そんなことを考えながら、これからは何があっても彼への頼まれごとは一切断ろうと誓った。

「……湊……センセイ……?」

しばらくゴミ箱を睨みつけていたら、不意に寝ぼけた声がかかる。

急いで振り向くと、裕矢が気《け》だるげに起き上がるところだった。

「何だよ、もうこんな時間じゃん。ひどいな、起こしてくれればいいのに」

「……ごめん。裕矢くん、疲れていたみたいだったからさ。そろそろ起こさないと、と思ってはいたんだけど……」

「ふん。どうせ、サボれるチャンスだとでも思ったんだろ。お生憎《あいにく》さまだな」

「そんなこと、思ってないよ」

「どうだか。ま、いいから早く勉強始めようぜ。俺、沖縄で解いていた問題集に、どうしてもわかんないとこがあるんだ。田宮さんとか、当てになんなくてさぁ」

話しながら頭を軽く振ると、もう顔つきにしゃんと生気が戻っている。放り出した鞄から数学の問題集を取り出した裕矢は、自分の変貌ぶりに呆気《あっけ》となる湊に気づくと、ふっと勝ち気に笑ってみせた。

「俺、絶対に成績上げてみせるから」

「裕矢くん……」

「出席日数だって、ギリギリだけど足りてるんだ。入学以来ずっと綱渡りだけど、何とかここまで頑張ってきたんだよ。それを、今更無駄にしてたまるか」

「そうか……ちゃんと、通っていたんだ」

「当たり前だろ。芸能活動の許可を取りつけるのだって、かなり大変だったんだから」

そこまでして、どうして……とうっかり踏み込んでしまいそうになったが、湊はハッと口をつぐんだ。そんな話をしている間に、時間は過ぎていってしまう。沖縄までわざわざ問題集を持っていった裕矢の心意気を、教える側の自分が無駄にするわけにはいかなかった。

「どこがわからないって？　見せてみろ」

気合いを入れ直してテーブルに向かうと、裕矢が張り切った様子で「これとこれ」と書き込みだらけのページを指差してくる。それを見た湊の胸はまた小さく痛んだが、気づかない振りを続けるしかなかった。

翌日の深夜。

ドラマの収録が押したため、休憩ごとに勉強を見ていた湊はとうとう終電に乗り遅れてしまった。田宮は事務所持ちでタクシーで帰るようにと言ってくれたが、裕矢は「だったら、一緒に帰ればいいじゃん」と提案する。偉そうな態度は相変わらずだが、湊の教え方が性《しょう》に合っていたらしく、少しずつ小バカにしたような言動は少なくなっていた。

「なぁ、田宮さん、いいだろ？　湊センセイ、どうせ方向も同じだしさ」

「裕矢がそう言うなら、私は構いませんよ」

「……だってさ」

早く早く、と腕を引っ張られ、湊は恐縮しつつ田宮が運転する車の後部座席に乗り込む。裕矢の自宅は偶然にも同じ区内にあり、途中で落としてもらえそうだった。

「はぁ……明日は、やっと学校に行ける」

車が静かに滑り出し、裕矢は真っ暗な窓の外を眺めて小さく呟く。

そういえば世間ではとっくに二学期が始まっているが、裕矢が登校したという話は今まで聞かなかった。ドラマの仕事が入ると、どうしても拘束時間が長くなるせいだ。学校がよほど嬉しいのか、彼は微かな声で鼻歌を歌っている。デビューした時、出演したというCMのタイアップ曲だ。湊が釘付けになったように演技力には定評があるが、裕矢はCDでも幾《いく》つかのヒットを出していた。

「明日が学校なら、勉強の方はどうする？」

「午前中しか出席できないから、事務所に三時頃に来てよ。田宮さん、それで大丈夫？」

田宮がフラットな声音で「大丈夫です」と答えると、裕矢はシートに深く埋もれて満足そうに微笑《ほほえ》んだ。

「ついでに、休んでる間の授業のノートも友達にコピーさせてもらってくる。その方が、湊センセイもやりやすいだろ？」

「そうだな。松ノ宮だと、他校より少し授業の進行が早いから……」

「夏休みの特講だって、受けてないの俺くらいだもん。皆、すげぇ頑張ってるからね」

まるで他人事《ひとごと》のような口を利き、裕矢は何を思ったのかふと湊に視線を留めた。

「……ん？　どうかしたか？」

「湊センセイは、まだ夏休みなんだろ？　いいよなぁ、大学生は気楽で」

「そうでもないさ。レポートの課題が何本か出ているし、資料もまだ揃《そろ》えてないし……」

「どうして、すぐやんないの？」

「え」

すかさず正面から質問され、一瞬湊は返事に詰まる。バイトをしているから、取っ掛かりが大変だから——理由はいろいろあるが、どれもそう大したものではないからだ。

内心の戸惑いを見透かしたように、裕矢はすぐに口を開いた。

「何だよ、湊センセイって呑気《のんき》だなぁ。俺なんて、何でも先に片づけておかないと落ち着かないよ。いつも、できるのは今しかないって思ってるからね」

「今しかない？」

「そうだよ。ここでサボっていたら、大きなチャンスを逃すかもしれない。もう、次はないかもしれない。そう思うと、居てもたってもいられなくなるんだ。だから、できる時に何でもやっておかないと……って思うんだよ」

「裕矢くん……」

彼が、こんなに熱を入れて自分のことを話すのは初めてだった。そのことに感動をする一方で、湊はどうしようもないほど切なくなる。立ち止まるのを怖れ、たった一人で必死に頑張っている姿が、先日の控室での寝顔と交互に浮かんできたからだ。

「君の言っていることは、とても立派だと思うけど……」

気がつけば、唇が自然と動いていた。

「あんまり、刹那《せつな》的に生きない方がいいんじゃないかな」

「え……」

「いや、もちろん裕矢くんは正しいよ。俺なんか毎日いろんなことをサボってばかりで、いつも後で大変な思いをするからさ。ちゃんと今できることから目を逸らさないのは、とても素晴らしいと思う。……でも」

ああ、上手《うま》く言えないな。

そんな歯がゆさを噛み締めながら、湊はそれでも懸命に言葉を紡ぐ。

「ほら、ずっと張り詰めていると、糸って切れやすくなるだろう？　裕矢くんも、もう少し肩の力を抜くことを覚えれば、きっともっと生きやすくなると思うんだけど」

「………………」

「裕矢……くん？」

裕矢は黙り込んだまま、しばらくの間ジッと湊を見つめていた。車内が薄暗いので細かな表情まではわからなかったが、少なくとも笑ってはいないようだ。

　湊はたちまち後悔の念にかられ、まともに裕矢の方を見られなくなってしまった。

「……ごめん、俺、余計なこと言っちゃったな。君は俺よりずっと早くに社会へ出ているんだし、偉そうにこっちが言う筋合いでもなかった……」

「その通りだよ。あんた、何様だよ」

　思いの外きつい言葉を浴びせられ、湊はドキリと心臓が痛くなる。

　思いつめた裕矢の声に、何か慰めの言葉を送りたかっただけなのだが、そんなのは言い訳にもならないだろう。彼に比べれば自分などお気楽な大学生にすぎず、何を言ったところで説得力などあるわけもないのだ。

「あんたに、何がわかるんだよ……」

　車が、明るいネオンの下を通りすぎる。

　一瞬浮かび上がった裕矢の顔は、声音のきつさとは裏腹に弱々しげな瞳が揺れていた。その脆《もろ》く崩れそうな表情に胸を突かれ、湊は視線を動かせなくなってしまう。どこへ行っても皆に騒がれ、明るく輪の中心にいるアイドルではなく、自分が一人ぼっちだと気づかされた迷子のような裕矢に、どうしようもなく心を奪われていた。

「俺は……」

「裕矢くん……」

「俺は、十四のデビューの時からずっと走ってきたんだ。事務所だって小さいし、同期が所属する大手のプロダクションからはさんざん妨害も入ったけど、それでも負けないでやってきたんだっ！　それを、昨日や今日の付き合いのあんたに何が……」

「——裕矢。いい加減にしておきなさい」

運転中の田宮が、興奮しかけた裕矢を冷静な声で窘《たしな》める。裕矢はグッと言葉に詰まると、悔しそうに唇を噛んで湊から顔を逸らした。

まずかった。失敗しちゃったな。

偶然、寝顔を見たことで勝手に距離が縮まっていたような気分でいたが、実際には少しもそんなことはなかったのだ。湊は自己嫌悪に苛《さいな》まれながら、甘かった己を戒《いまし》める。車内に重苦しい沈黙が訪れ、あまりの居たたまれなさに一刻も早く車から降りたくなった。

「あ、この辺りでけっこうです」

ようやく近所の交差点まで来たので、湊はホッと口を開いた。

田宮は無言で頷《うなず》くと、路肩へ静かに車を寄せる。裕矢はツンと横を向いたまま、降りる湊に目もくれようとはしなかった。

「どうもありがとうございました。それじゃあ、おやすみなさい」

「……お疲れ様でした」

挨拶をする湊に、田宮が儀礼的に頭を下げる。

「あの、裕矢くん……おやすみ」

返事がないのは覚悟の上で、努めて明るく声をかけてみた。一抹《いちまつ》の淋《さび》しさを胸に、湊はそのまま踵《きびす》を返す。だが、夜道を歩き出そうとした時、思いがけず裕矢の声が耳に届いた。

「忘れ物だよ、湊センセイ」

「え？」

窓を開け、彼は足元から何かを摑《つか》んで引きずり出す。戸惑いがちに近づく湊の眼前にそれを突きつけると、半ば無理やり押し付けた。

「はい、早く持っていきなよ」

「持っていくって……何を……」

「見ればわかるから。じゃあ、おやすみなさい」

挑戦的に睨みつけた後、取りつく島もなく窓が閉められる。呆然としている間に車が走り出し、みるみる遠くなっていった。

「何だ……？」

忘れ物と言われても、と手にした荷物を見てびっくりする。

見覚えのある紙袋。これは、先日控室のゴミ箱へ捨てたものとそっくりだ。

「まさか……」

慌てて中味を出してみて、今度こそ湊は目を見張った。サイン済みの色紙が、きちんと束ねられている。三十枚全てが裕矢の直筆で書かれており、一番上の一枚にだけ「湊センセイ」と宛名が入っていた。

「いつの間に……」

両手いっぱいに色紙を抱いて、湊はしばらくその場に立ち尽くす。

やがて、胸に温かなものが生まれ、それは柔らかく全身を包み込んでいった。

2

「だからぁ、その公式で解こうとすると矛盾が出るんだって。こういう場合はだな……」

「何でだよ、全然わかんねぇよ」

「それは、数をこなして慣れていくしかない。数学は、勘と経験が大事だから」

「何で、数学に勘が必要なんだよ。何でもパッパッて答えが出るから好きなのに」

納得のいかない顔で、裕矢が上目遣いに湊を睨みつける。事務所の一角に学習用のスペースを設けてもらい、二人はもう小一時間ほどもこんなやり取りを続けていた。

昨夜、少々気まずい別れ方をしたと思ったのも束《つか》の間《ま》、思いがけない裕矢のプレゼントに湊のテンションは上がりっ放しだ。きちんとお礼を言いたかったので張り切って出向いたのだが、そこにはいつもと同じ小生意気な裕矢がいるばかりだった。

（あんまり普段通りだと、逆に〝ありがとう〟って言い難いもんだな……）

改まると妙に照れ臭くなってしまい、なかなか話題を切り出せない。とにかく勉強優先だと数学の説明に入ったが、気のせいか裕矢の方も口数が増えているようだ。

（何か……照れるな……）

そんな気分が伝染したのか、表面上はああだこうだやり取りしていても、互いにどこか上の空だ。折よく女性社員がコーヒーを淹《い》れてくれたので、少し休憩しようということになった。裕矢は「小さな事務所」と言っていたが、その分アットホームな雰囲気があって、なかなかに居心地は悪くない。芸能プロダクションという言葉からイメージするよりは、ずっと穏やかな空間だった。

「今日は、田宮さんは?」

「ドラマのプロデューサーと会ってる。俺の役、最終回前に死んじゃうんだけど、それをできるだけ引き延ばしてほしいって交渉してるんだ」

「そんなこと、できるのか?」

「視聴者次第だけどね。俺の出る回で視聴率が高ければ、制作サイドも出したがるし」

コーヒーをゆっくり啜《すす》りながら、裕矢は事も無げに言う。今日も夕方から数本のインタビューとグラビア撮影が控えていると言っていたし、あまり寝ていないんじゃないかと余計な心配をしたくなった。

「あ、そうだ。俺、裕矢くんにお礼しないと」

「何の話?」

「昨日の色紙だよ。嬉しかったけど、あんなにたくさん大変だっただろう?」

できるだけさりげなく口にしてみたが、裕矢はみるみるしかめ面《つら》を作ると、まるで視線を避けるようにプイと横を向いてしまう。

「……別に。デビューした直後なんて、一日で何百枚と書いてたし」

「でも、それは仕事だろう？　俺のは単なる頼まれもので」

「もういいから。それよか、何で捨てたりしたのさ。勿体《もったい》ないじゃないか」

自分専用のマグを両手に持ち、裕矢が探るように目を細める。

意味深な表情を繰るのは彼の演技上での得意技だったが、日常の会話に持ち込まれるところ
れほど厄介なものもなかった。

「俺は、裕矢くんに無理をさせたくなくて」

湊は逸《はや》る鼓動を抑えながら、平静な顔を保とうと努力をする。

「実際、裕矢くんに書いてもらえて嬉しかったし、助かった。でも、疲れているのに余計な
面倒を君にかけるのが嫌だったんだ。だから、捨てた」

「変なの。湊センセイが、そんな心配する必要なんかないのに。俺の健康管理は田宮さんと
社長がしっかりやってるし、サイン書くのは仕事の内だろ。全然平気だよ」

「だけど、この間うたた寝していただろう？」

「…………」

思い余って口にすると、裕矢の表情が微かに崩れた。

彼は困惑の色を目に浮かべ、何を言い出すつもりかと不安げに湊を見返してくる。

そんな彼を愛《いと》しい気持ちで見つめながら、湊はゆっくりと話し始めた。

「俺が入ってきたのも気づかないで、気持ちよさそうに眠っていた。あんな無防備な裕矢くんを見たら、とても何かを頼もうなんて気にはなれないよ。仕事の合間に勉強して、できるだけ学校にも通って。それ以上、何ができるっていうんだ。そうだろ？」

「湊センセイ……」

「裕矢くんの気持ちは、有難いよ。だけど、これからはもう大丈夫だから。俺も、面倒な頼まれごとはきっぱりと断る。そう決めたんだ」

「あんたって……変な人だね」

混乱しているのか、裕矢は警戒心をまるだしにして言った。

「……俺、サインくらい何でもないよ。それに、学校へ通いながら両立を頑張っているアイドルなんか他にもたくさん……」

「でも、松ノ宮に行っているアイドルなんて、さすがに久遠裕矢くらいしかいない」

きっぱりと言い切ると、それきり裕矢が絶句する。

「第一、中学の時にデビューしたなら、受験勉強と重なっていたんだよな？　そういう状況であの難関校に合格したってことは、裕矢くんがかなり頑張った証《あかし》だと思う」

「………」

大きな黒目が、震えて揺れた。

まるで、生まれて初めて耳にする言葉に、不思議な感動を覚えているようだ。

自分のテンションをコントロールし、ベストな状態で仕事に臨むことを義務付けられた彼が、不意に湧き起こった感情を扱いかねている。

「何で……そんな風に言うんだよ……？」

ゆっくりとかぶりを振りながら、裕矢がすがるような眼差《まなざ》しを湊へ向けた。

「そういうこと言うと、誤解しちゃうだろ」

「誤解？　誤解って何を？」

「湊センセイが、俺の味方だって。俺のこと、本気で心配してるって……」

「それ、別に誤解じゃないと思うけど……」

どうして裕矢がそんな言い方をするのかわからなかったが、少なくとも湊の言葉に嘘はない。心から褒めてあげたかったし、今もできるだけ勇気づけたいと思っていた。

湊はそっと左手を上げると、恐る恐る伸ばしてみる。

指先が前髪に触れるまで裕矢は微動《びどう》だにしなかったが、それでも手のひらが頭に落ち着くと、びくっと身体を強張《こわば》らせた。

「俺には、芸能界のことはよくわからない。裕矢くんと出会ったのもつい最近のことで、君のことは何も知らないに等しい」

「き、昨日のことなら、あれは勢いで言っただけで……」

「いや、君は正しいよ。俺、本当に何も知らないんだから。——でも」

今度は、ちゃんと届くといいな。

そんな願いを込めて、一言一言を丁寧に発音する。

「君にもしも敵がいるのなら、俺は一緒に闘ってやるよ。それくらいは、味方として当然だからね。つまり、裕矢くんのは誤解じゃない」

「う……そ……」

「いろいろ、一人で偉かったな。でも、大丈夫だよ。俺は、君の味方だから」

「…………」

優しく頭を撫《な》でられて、裕矢はしばらく言葉をなくしていた。

初対面ではあんなに偉そうで口が悪かったのに、今の彼は健気《けなげ》な幼い子どもに見える。

(可愛いな)

素直に、そう思った。

もしかしたら、彼は仕事以外では誰からもねぎらってもらえなかったのかもしれない。事務所の方針にもよるだろうが、アイドルを続けるなら、勉強に比重が置かれることはあまり歓迎されないだろう。田宮の冷ややかな態度が、それをよく表している。そんな中で、裕矢は勉強も仕事も人一倍頑張ってきたのだ。しかも仕事ではトップランクの売れっ子になり、学業では都内有数の進学校に在籍している。誰にでもできることではなかった。

「……母さんが」

ふっと、裕矢の目が弱々しくなった。

彼はマグをそっとテーブルに置くと、ためらいがちに唇を動かした。

「俺んとこ、父さんがいなくて母さんと二人きりなんだ。今の事務所にスカウトされて芸能界に入ったのだって、早く稼げるようになって楽させてやりたいなぁって、そう思ったからだよ。でも、母さんはそんな水商売みたいな仕事やめなさいって賛成してくれなくて」

「…………」

「それなら、いい学校に入れば安心するだろうって……それで、松ノ宮を受けたんだ。そうしたら、今度は早く引退して大学受験に備えなさいって毎日言うようになった。だけど、今の仕事も好きだから、やめたくないんだ。最初は、確かに生活のためだった。でも、俺は芝居が好きなんだよ。引退なんかしたくない」

「それで、松ノ宮を退学になるわけにはいかなかったのか……母親のために……」

「とりあえず、あそこに通っている間は母さんも安心しているから」

湊がゆっくり手を戻すと、裕矢はすぐに視線を上げる。

怖いもの知らずで屈託のない、売れっ子アイドルの顔に戻った彼がそこにいた。

「俺にだって、プライドくらいあるから」

「え……？」

「成績不振で進学校を退学だなんて、マスコミにでも書かれた日には大恥かくからね。だから、湊センセイにはみっちり勉強を叩き込んでもらわなくちゃ。あのサインだって、そのためにサービスしたんだからさ。言わば、取り引きってヤツだよ」

「取り引き……」

何だ、そういうわけだったのか。

ガッカリする気持ちを悟られないよう、湊は無理に笑顔を作る。自分が特別扱いされたのではなく、単なる家庭教師への『サービス』だったのだ。

まったく、と続けて軽い自己嫌悪に陥った。

裕矢が関わると、どうして自分に都合良く解釈をしてしまうのだろう。昨日の車内といいサインといい、小さな自惚《うぬぼ》れなどすぐ潰《つぶ》されてしまうというのに。

「さ、休憩時間はお終《しま》いっと」

新たに英語の参考書を開き、裕矢が元気よく声を張り上げる。一瞬前までの優しく切ない時間は、すっかり意識の外へ追いやられてしまったようだ。

（たくましいなぁ……）

切り替えの速さや、時間を無駄にしない前向きな姿勢は充分尊敬に値する。だが、昨夜の車中で「次はないかもしれない」と言った時の切羽詰まった声音が、どうしても湊は忘れられなかった。

本人の努力の甲斐もあって、裕矢の勉強は順調に進行していった。休んでいる間の内容もほぼ頭に入ってきたし、応用力もついてきている。この分なら、よほどのことがない限り来月の中間試験も問題はないと、湊は太鼓判を押してやった。

唯一問題があるとすれば、やはり出席日数だろう。田宮が懸命に調整し、週に三日は授業に出るよう努力をしているが、相変わらず単位ぎりぎりであることに変わりはない。おまけに、秋のテレビ番組の改編でレギュラーが増えてしまったので、ここ数日の裕矢は収録に追われる日々を送っていた。

「しっかし、タフだよなぁ……」

たった三歳しか違わないのに、この体力の差は何なんだろう。

スタジオの隅で収録を見学していた湊は、ライトを浴びながら歌ったり踊ったりしている裕矢を見ると、いつも同じ感想を抱《いだ》いてしまう。ただ一緒にくっついて移動しているだけでくたくたになっている自分とは、えらい違いだ。

均整は取れているが、あの細い身体のどこにあれだけのパワーがあるのか。そんなことをボンヤリと考えていたら、収録を終えた裕矢が小走りに駆け寄ってきた。

「お待たせ、湊センセイ。田宮さんは？」

「明日の番組で必要な衣装を、スタイリストさんと見てくるってさ」

「そっか。じゃあ、湊センセイ。これから一時間、みっちり頼むよ」

「ああ。確か、今日は物理だったよな。任せろ、いい参考書を見つけてきたんだ」

「やったね」

パッと顔を明るくさせて、裕矢が右腕に抱きついてくる。最近、こんな風に甘えられることがしょっちゅうあって、そのたびに湊はどぎまぎしてしまうのだった。相手は男の子なんだから、と思ってはみても、それが天下無敵のアイドルともなれば話は別だ。いや、仮に裕矢がアイドルではなかったとしても、性別なんか関係なく存在そのものが可愛くてたまらない。普段は粗雑なくせにポイントを突いてガラリとイメージを変えるのも、まさしく小悪魔と呼ぶに相応《ふさわ》しかった。

俺、手玉に取られてるなぁ。

情けない気持ちで呟いてみても、本音を言えば満更悪い気はしていない。多分、裕矢もその辺りは賢く見抜いていると思われた。湊が本気で迷惑していたら、すぐに察して距離を取ることのできる子だ。

「じゃあ、早いとこ控室に戻ろうよ。俺、メイク落としたくてしょうがないんだ」

そのまま湊の右腕を引っ張り、二人はスタジオを後にする。廊下を行きかう人の中には芸能人もたくさんいて、裕矢はそのほとんどと愛想よく挨拶を交わしていた。そういう時の横顔は、素直で礼儀正しい少年そのもので、湊はまた複雑な思いに襲われる。女友達が力説していた『久遠裕矢』は、多分こちらの彼を指しているのだろう。

（どっちも魅力的だけど、俺は普段の生意気な顔の方が好きだなぁ）

相変わらず、こちらを目上とも思わない態度を取られているのに、ついそんな呑気なことを考えてしまう。これでは、もう裕矢のファンと言っても差し支えないかもしれない。

「あ……」

先輩の女優と立ち話を済ませ、歩き出そうとした裕矢が再び足を止めた。どうした、と声をかけようとした時、彼の唇から知らない名前が零れ出る。

「堀江《ほりえ》さん……」

「おや、裕矢くんじゃないか。お久しぶり」

「どうも……お疲れ様です」

明らかにワントーン沈んだ声で、裕矢が短く頭を下げた。

不思議に思った湊は、堀江と呼ばれた男をそれとなく観察する。

年齢は、二十代後半だろうか。仕立ての良い高価なスーツに身を包み、顔立ちもそれなりに整ってはいるが、恐らく芸能人ではないだろう。役者かタレントにしてはオーラが弱いし、顔だって見た記憶がない。湊があれこれ想像を巡らせていると、彼の後ろから一人の少年がひょこっと顔を覗かせた。

「あ……」

こいつ、里中葉平《さとなかようへい》じゃないか。

湊は、思わず心の中で呟いた。

里中葉平は裕矢と同期デビューのアイドルで、何かとライバル視されている相手だ。裕矢をもっと甘くしたようなルックスと、意外に確かな歌唱力が売り物で、所属の大手プロダクションが総力をあげてプッシュしている。

（ふぅん、確かに裕矢くんとは違う魅力があるかもな）

それまでアイドルなんてまるで興味なかったのに、裕矢についてテレビ局に出入りしている間に、一通りの知識は頭に入ってくるようになった。湊は堀江と葉平を素早く見比べ、どうやらマネージャーとタレントらしいな、と結論を出す。

「もしかして、君が噂の家庭教師かな？」

「え……」

一人で納得していたところにいきなり声をかけられ、一瞬返事に詰まった。だが、堀江は気にした風もなく、湊の全身をジロジロと物珍しそうに眺め回す。

「いいね。彼、なかなか清潔感のある男前じゃないか。うちなら、スカウトして役者で売り出すけどな。まだ若いんだろう？　十九？　二十歳《はたち》？」

「ダメですよ。この人は、こう見えて真面目な大学生なんだから」

すかさず裕矢が間に入り、ケンもホロロに言い返した。あんまりはっきり「ダメです」と言われると、見込みゼロとハンコを押されたようで少し傷つくが、いかにも業界人というノリの堀江には、たとえ自分にその気があっても絶対にデビューなど任せたくはない。

そんな湊の感想をよそに、堀江はかなり芝居がかった調子で肩をすくめた。

「ふぅん。勿体ないね。一般人にしては、いい素材なのに」

「それより、時間大丈夫ですか。葉平、これから入りなんでしょ？」

「ああ。葉平は、遅くてもスタッフの文句が出ないからいいんだ。何せドラマと映画で、主役を二本かけ持ちしているだろう？　忙しいのは、皆さんわかってくれているから」

「そうですか」

「裕矢くんこそ、ますますご活躍じゃないか。聞いたよ。藍田《あいだ》監督の新作、君が主役候補なんだって？　次のカンヌに出すって噂の」

「さぁ、どうでしょうか」

曖昧な微笑で受け流す裕矢に、堀江のこめかみがピクリと動く。相手にされていないとわかり、内心苛立《いらだ》っているのだ。折よく彼の腕時計のアラームが鳴り出したので、二人の会話はそこまでとなった。

「それじゃ、また。益々《ますます》の活躍を期待しているよ。そちらの社長にも、よろしく」

嫌味たっぷりな言い方をして、堀江は歪《ゆが》んだ微笑を口の端に浮かべる。歩き出した彼の後ろで、葉平が愛想良く右手を振ってきた。それに手を振って応えながら、ふっと裕矢は疲れたような溜め息をつく。苦々しげな呟きが、続けて唇から吐き出された。

「……いつ会っても嫌な奴」

「知り合いなのか？　何だか、ずいぶんと裕矢くんに馴《な》れ馴《な》れしかったけど」

「わかんない？　堀江高久《たかひさ》ってさ、元アイドルだよ。全然売れなくて、五年くらい前にマネージャーに転向したんだ。今は、葉平のチーフマネやってる」

「堀江高久……聞いたことないなぁ」

「だから、本当に売れなかったんだって。うちの事務所の先輩だったらしいけど、一度引退してスタッフとして大手プロダクションに転職したんだ。今は葉平が売れてるから、態度もかなりデカいけどね」

「それなら、田宮さんはもっと偉そうでもいいんじゃないか？　だって、裕矢くんの方が売れているわけだから」

「へ……」

湊は大真面目に言ったのだが、それを聞いた裕矢はまともに驚いた顔をする。目を見開き、しばらく湊を凝視した後、彼は突然弾《はじ》けたような笑い声を上げた。

「ひ、裕矢くん？」

「湊センセイ、最高だな。やっぱり、役者なんかやんない方がいいって。絶対」

「何だよ、失礼な奴だなぁ。役者より、お笑いが合ってるとでも言うつもりかよ？」

「……そうじゃなくて」

笑いすぎたせいで、裕矢の目の端には涙が滲《にじ》んでいる。それを指の背で拭《ぬぐ》いながら、彼はもう一度ギュッと右腕を摑んできた。

「ずっと、俺の家庭教師やってれば」

「え……」

それって、どういう意味なんだ。

訊《き》き返す勇気もなくて、たちまち湊の全身が強張った。けれど、裕矢は自分の言ったセリフなど忘れた顔をして、またすぐに手を離してしまう。

「あの、裕矢くん……」

「いけね、もうこんな時間じゃんっ。やばいよ、湊センセイ。急ごう！　俺、五時になったらMスタジオに移動なんだから」

「そ、そうか」

バタバタと駆け出す裕矢の後ろ姿を、湊はまだ半分ぎこちない足取りで追いかける。

けれど、耳の奥では先刻のささやきが、まるで魔法の呪文のように甘く響いていた。

『ずっと、俺の家庭教師やってれば』

上目遣いに微笑まれて、視界が一瞬くらりとした。

掴まれた右腕は思い出すたびにじんわりと熱を持ち、あの時の裕矢の声は何度も頭の中で勝手に再生されている。

「ダメだ、ダメだっ」

湊は乱暴に頭を振り、雑念を払いのけようとしたが、さっきからレポートは少しも先へ進んでいない。とうとう粘るのは諦め、テレビのリモコンを持って机からソファへ移動することにした。

「……ったく。何を動揺してるんだよ、俺は」

忙《せわ》しなくチャンネルを替えながら、つい独り言が口をついて出てしまう。

珍しく早い時間に帰宅できたので、この機会にレポートでも片づけて……なんて思っていたのだが、とてもそれどころではなかった。

「我ながら、情けないよな……」

今頃、裕矢はMスタジオだろうか。戻ってきた田宮と車に乗り込む時、あまり気の進まない仕事なんだと愚痴《ぐち》を言っていた。それでも、本番になればプロの顔できっちり仕事をこなすのだろう。今までにも、何度もそういう場面を見てきていた。

「本当、何考えているんだか……」

途方に暮れて溜め息をつき、どうしてこんなに裕矢のことが気になるんだろう、と自分に尋ねてみる。だが、正面から向き合って考えるのには、かなりの勇気が必要だった。

裕矢のことは、バイトが終わったらすっぱり忘れるのが得策だ。

元から住む世界の違う相手なのだから、個人的な思い入れなど空しくなるだけだ。

思いつく限りの言葉を駆使して、湊は何とか自分の心に歯止めをかけようとした。ほんの気まぐれにすぎない一言がここまで自分を狼狽えさせるなんて、彼はきっと夢にも思わないのに違いない。

「あれ、この人って藍田監督だ……」

ふとリモコンを操る手を止めて、画面の黒ずくめの男に注目した。

昼間、堀江が裕矢に向かって「藍田監督の新作、君が主役候補なんだろう?」と言っていたのを思い出したからだ。

そういえば、裕矢がいっきにメジャーへ躍り出たのも、藍田監督の指名で彼の映画に出演したのがきっかけだった。テレビで新作の構想について語るのを聞いたところ、やっぱり今度はカンヌの映画祭に出品する予定らしい。

「ますます、遠い世界の話だな……」

一介の大学生の自分では、カンヌなんて観光でも一生行かないかもしれない場所だ。

がっくり落ち込んだ湊が、何度目かの深い溜め息をついた時だった。

机に出しておいた携帯電話が、軽快な着メロを奏で出す。変えるのが面倒で、そのままにしてあるＧＫの名曲『ボラーレ』だ。景気のいい音調は今の心境からあまりに遠かったが、湊は気を取り直して電話に出た。

そうして。

「裕矢くん？　裕矢くんなのか？」

電話口の人間が誰だかわかった瞬間、自分でも滑稽なほど声が引っくり返っていた。

反射的に腕時計を見ると、間もなく十一時になろうとしている。これまで田宮から連絡はあっても、裕矢自身から電話がきたことなどなかったので湊は激しく面食らった。

「裕矢くん？　もしもし、裕矢くん？」

耳に流れ込むざわめきは、何となく嫌な想像をかきたてる。

湊は携帯を握りしめ、次に裕矢が何を言い出すのか緊張しながら待ち続けた。

3

「ほらほら来た！　湊センセ～イ！」

呼び出された六本木のクラブに入るなり、裕矢が大声で湊を呼びつける。

薄暗い照明の下でも、彼が酔っぱらっているのは明白だった。

「裕矢くん、未成年のくせに何を飲んでんだよっ」

「うーんとね、暑かったから、そこら辺の適当に……」

人込みをかき分けて裕矢の元まで到着した湊は、開口一番険しい声を出す。適当に、と裕矢が指差したテーブルの上には、ビールやウォッカ、ジンなどのアルコールのボトルがゴロゴロと転がっていた。

「まさか、これ全部ちゃんぽんにして飲んだんじゃないだろうなっ」

「うわ～……大きい声、出すなよ～」

思わず湊が怒鳴りかけると、裕矢は両手で耳を塞《ふさ》ぎ、早くも逃げの体勢を取ろうとする。

だが、今は説教をしている場合ではなかった。一刻も早く、彼を人目に晒《さら》さずに店の外へ連れ出さなくてはならないからだ。

「くそっ」

湊は眉間に皺を寄せたまま、裕矢の肩を問答無用で引き寄せる。そうして、苛立ちを含んだ声で耳元に低くささやいた。

「……裏口から出るんだ。店の脇に車を回すから、すぐに乗り込んでくれ。いいな？」

「車？　湊センセイ、免許持ってたんだ。つか、車まで持ってるなんてすごいじゃん」

「免許は自前だけど、車は借り物だよ。大体、裕矢くんが車で迎えに来いって電話してきたんじゃないか。開口一番〝助けて！〟とか言うし、何事かと思ったよ」

「でも、本当に助けに来てくれたんだね」

「当たり前だろ。君は俺の……」

「ん？」

「……教え子なんだから」

早口でそれだけ言うとさっと踵を返して裕矢と別れ、湊は一度店から出る。車を停《と》めた場所へ急ぐ間も、誰かに見咎められやしないかとヒヤヒヤした。裕矢の電話によると店の前にマスコミ関係者が張っているらしいので、行動には細心の注意が必要だ。

「まったく……何をやっているんだか……」

何とか車へ乗り込むと、ハンドルにかけた両手を睨みつけて腹立たしげに毒づく。

だが、「帰れない」と泣きつかれれば、助けてやらないわけにはいかなかった。未成年の裕矢がクラブに出入りしているだけでもスキャンダルなのに、挙句に飲酒となったらもう致命的だ。

目立たないように裏口付近に車を移動させ、裕矢が出てくるのを辛抱強く待つ。五分もたった頃、キャップを目深《まぶか》に被《かぶ》った彼がひょっこり視界に現れた。すぐにわかるだろうか、とハラハラしながら見守っていたが、案外素早い身のこなしですんなり車に乗り込んでくる。幸い、どこからもフラッシュや駆け寄る記者の姿はなかった。

「早く出して！」

緊張のせいで、裕矢も酔いが醒《さ》めたのだろうか。

思いの外しっかりとした声音は、先ほどのアルコールの余韻を微塵も感じさせなかった。

「よし、シートベルト締めたよな？　行くぞ！」

「ＯＫ！」

何がＯＫだよ、と憤慨しつつも、とりあえずネオンの海に向かって発進させる。まだ油断はできなかったが、ひとまず第一の関門は突破したようだった。

「良かった……」

助手席で後ろの様子を気にかけていた裕矢が、ようやく安心したように前へ向き直る。

「尾《つ》けてる車、いないみたいだ」

「そりゃ、久遠裕矢が国産の小型車に乗ってるとは、誰も思わないだろうからな」

「……怒ってんの？」

柄にもなく気弱な視線が、隣からそっと送られてくる。

湊は慌てて咳払いをし、わざとらしく返事を濁してしまった。大体、怒っているも何もないもんだ。夜中にこんな場所まで呼びつけられて、頭に来ない方がどうかしている。これも高給バイトの内かと思えばこそ、我慢だってできるのだ。裕矢がスキャンダルで干されでもしたら、家庭教師どころではなくなってしまう。

けれど、湊にはわかっていた。

そんなのは、自分をごまかすための言い訳にすぎない、と。裕矢のプライベートを詮索《せんさく》する気など毛頭ないが、夜遊びをしている彼なんて本当は見たくなかった。分不相応な場所ではしゃぐ姿は、たとえ選ばれた人間であってもやはり見苦しい。裕矢は派手な業界に身を置いている割には浮ついたところがないし、自分の行動にはきちんと責任の取れる人間だと思っていた。だから、こんなに不愉快なのだ。

迎えに来てほしい、と電話で頼まれた。田宮さんには内緒で、と。

背後の音楽と喧騒《けんそう》、そして裕矢の気が抜けたような声に、放っておくことなどできなかった。聞けば、知り合いに誘われて六本木のクラブにいるという。ＶＩＰルームなので写真に撮られることはないが、店の外にマスコミがいて出られなくなったと泣きつかれた。

（何だって、こんな真似してるんだよ。これ、家庭教師の仕事じゃないぞ）

自分のお人よし加減にウンザリするが、何より今夜の理由が知りたい。けれど、これ以上彼の内面に踏み込んだところで、自分たちは期間限定の繋《つな》がりでしかないのだ。

ほんの少し前、個人的な思い入れなどよそう、と思ったばかりだった。

それなのに、まるで決心を覆すように裕矢の電話が湊を迷わせる。

「どこまで？」

「え……？」

「裕矢くんの家。お母さんと一緒に住んでいるんだろう？　送っていくから」

「………」

わざと素っ気ない声を出し、湊はひたすら無表情を決め込んだ。田宮ではなく自分を呼んだのは、それだけ懐柔しやすいと思われたからだろう。

湊が発する刺々しい空気は、裕矢もすぐに感じ取ったようだ。彼は沈んだ目の色を見せながら、シートに深く身を沈めていた。日頃の強気な様子からは想像できないほど、その表情は塞ぎ込んでいる。自分が冷たくした程度で、果たしてここまで落ち込むものだろうか。湊がふとそんな疑問にかられた時、長い沈黙を破ってポツリと裕矢が呟いた。

「俺……まだ帰りたくない……」

「何、言ってるんだ。もう十二時を回ってるんだぞ。明日も、朝から仕事が……」

「帰りたくない」

二度目は、思いがけず強い口調だった。

驚いてちらりと様子を盗み見たが、思い詰めたような横顔は単なるワガママを言っているとも思えない。

「しょうがない奴だな……」

湊はわけがわからなくなり、仕方なく車の走行速度を少しずつ下げていった。目的地も決まらないのに、このままぐるぐると走り続けるわけにもいかない。

「帰らないって、これからどこへ行く気なんだ？　何か当てでも……」

「どこでもいいよ。人がいないところなら、どこだっていいんだ」

半ば自棄《やけ》気味に口にされた言葉に、とうとう湊は溜め息をついてしまった。

「裕矢くん、本当にどうしたんだよ？　俺、てっきり君は夜遊びの常連なのかと思って内心呆れていたところなんだ。いろいろ偉そうなこと言っていても、やっぱり芸能人ってこうなのかなぁってさ。でも、違うんだろう？　何か嫌なことでもあったのか？」

「はっきり言うなぁ……」

苦笑混じりの呟きは、ほとんど疲れた響きにしか聞こえない。

湊は先刻までの苛立ちが、次第に不安へと変わっていくのを感じていた。恐らく、自分が迎えに行くまでの間に裕矢を投げやりにさせるような出来事があったのだ。

だけど、一体それは何なのだろう。

「ここで君から話を聞いたって、部外者の俺は何の助けにもならないかもしれない」

ためらう間もなく、湊はそう言った。

外界に溢れるネオンの色彩が、裕矢と自分を普段の生活から切り取っているようだった。

「でも、こうしてわざわざ呼ばれたからには、少しは知る権利があると思うよ。もしも、話して楽になることなら……」

「……別に。何でもないよ」

「裕矢くん……」

「湊センセイは、余計な心配なんてしなくていいんだって。俺はいつだって自分の問題は一人で解決してきたし、そうやってここまでやってきたんだから」

「バカ言うな。あんなに弱り切った声で、俺に電話をかけてきたくせに」

「………」

強がりを軽くいなされて、裕矢はさすがに黙り込む。

拗《す》ねた目つきで湊へ視線を流すと、すぐに前へ向き直った。

「前から思っていたんだけどさ……」

「何を?」

「湊センセイって、割とズケズケ言う人だよね。俺のこと、そこらの普通のガキとか思ってない?　説教とか、いきなりかますし」

「だって、普通のガキだろ?」

「ガキじゃないよ」

強引に言い張って、裕矢は表情を引き締める。まるで、何かと闘っているような顔だ。少しでも隙《すき》を見せたら自分を見失うのではないかと、怖れているようにも見えた。

（裕矢くん……）

確かに、芸能界という物差しで測るなら裕矢は「普通のガキ」とは言えないだろう。彼の周囲にいる大人は、それぞれの思惑の下に必死で彼のご機嫌を取ろうとする輩ばかりだ。裕矢の仕事ぶり一つで自分の評価が左右されるのだからそれも無理はないと思う。

だが、湊にとって裕矢はただの生徒だ。

もちろん気持ち良く勉強して欲しいけれど、そのために機嫌を取ったり、ちやほやしようとは思わない。湊にとって裕矢がアイドルだったのは、単なる偶然にすぎないのだ。最初は確かに戸惑ったが、少なくとも今はそう思っている。彼のいろんな顔を見るにつれて、湊にとって久遠裕矢は一人の人間でしかなくなっていた。

——それも、ひどく大切な。

「……裕矢くん」

踏み込んではいけない、と自制をかけていた。

住む世界が違う、とくり返し自身へ言い聞かせたのは、そうしないと忘れてしまいそうになるからだ。彼は雲の上のアイドルなんかではなく、この手を伸ばせば届く存在だと。無意識に愛しいと思うたび、つい錯覚してしまいそうになる。

だが、隣にいる裕矢はいつもの彼ではない。湊が自分を守るための距離を超えない限り、本音で語ってはくれない気がする。だから、覚悟を決めて踏み出すことにした。その結果、自分が傷つくことになったとしても、少しでも裕矢が救われるなら後悔はしない。

「俺が帰る前、今日のMスタジオの仕事、気が進まないって言っていたよな」

「……ああ、まぁね」

「ひょっとして、現場で嫌な思いでもしたのか？」

「俺が？」

返事は期待していなかったが、裕矢は即座に首を振って否定した。

「仕事は、いつも通りちゃんとやったよ。嫌な仕事だからっていちいち荒れてたら、身がもたないって。でも、驚いたな。俺が言ったこと、湊センセイよく覚えてたね」

「いや、ちょっと心配だったから……。俺、芸能界のことなんてわかんないし」

正直に答えると、ふふ、と小さく笑われる。

僅《わず》かに緩んだ表情で息を吐くと、裕矢はシートに背中を預け直した。

「そういう人だから、今夜呼び出したんだよな。湊センセイといると、自分がアイドルってこと忘れそうになるからさ。そういう気分、あんまり味わえないし」

「………」

「俺、デビューしてからムチャクチャ走ってきたからさ。一度も立ち止まらなかったし、後ろを振り返りもしなかった。前だけを見て、闇雲《やみくも》に突き進んで。だから、そうじゃない人といると……ううん、そうじゃないな。ここは、正直にならなきゃダメだよね」

「え？」

「誰でもいいわけじゃないんだ」

「…………」

「湊センセイだから、ホッとするって言うか……」

「そっか……」

柄にもなくかあっと頬《ほお》が熱くなり、そう返事するのが精一杯だ。だが、言った裕矢はもっと恥ずかしかったようだ。それきりプイと横を向いてしまい、熱心に窓の外の暗闇を見つめ始めた。先刻とは違った照れ臭い空気が車内に満ち、胸の辺りがもやもやとする。二人は互いに言葉を探し、うろうろと核心の周りで足踏みをしていた。

（俺だから、か……）

ハンドルを握りながら、そっと胸の中で反芻《はんすう》してみる。

どんな理由であれ、裕矢はちゃんと自分を選んで呼び出したのだ。

それがわかっただけでも、湊は充分に嬉しかった。

会話がふっつり途絶え、長い沈黙が続く。居心地の悪いものではなかったが、そろそろ行き先を決める必要があった。すると、前方に出てきた神奈川方面の標識を目にした裕矢が、唐突に声を出す。

「湊センセイ、海に行こうよ」

「えっ！」

「そっち右に入って。そしたら、鎌倉方面だから。海までドライブしようよ」

「冗談だろ……」

今から海に向かったところで、真っ暗で何も見えやしないじゃないか。

思わずそう言い返そうとしたが、あんまり熱心にせがむので抵抗できなくなった。観念して道を右折し、湊は強くアクセルを踏む。こうなったら自棄だ、と思う反面、田宮が知ったらどんなに怒られるだろうかと、別の意味での覚悟も決めねばならなかった。

「しかし、真夜中の海ってベタベタな選択だな」

「いいじゃん、古い青春ドラマみたいでさ。夜中に車飛ばして海へ行って、日が昇るのを見たりするんだろ。子どもの頃、再放送のドラマで何度も観たよ。いい感じだと思わない？」

「実際は、そんないいもんじゃないと思うけど……。ただし、夜明け前には帰るぞ？　いくらなんでも、徹夜で仕事はまずいだろ」

「二時間もあれば着くよね？　撮影とかロケではよく行くけど、個人的に海へ行くなんて初めてだな。何か、わくわくする」

「あのなぁ、人の言うこと聞いてんのかよ。クマ作って撮影なんか行けないぞ？」

浮かれる裕矢に、少しだけ意地悪を言ってみる。だが、彼はいともあっさりと「若いから、一晩や二晩の徹夜でクマなんかできないよ」と笑い飛ばしてしまった。

「それに、湊センセイは心配しなくてもいい。俺、仕事はちゃんと責任持ってやるから」

「おい、いきなり元気になってるなぁ。裕矢くん、さっきまでずいぶん投げやりモードだったじゃないか。本当に大丈夫なのかよ？」

「……大丈夫」

不意にしんみりと口調を変え、裕矢がこくんと頷く。

「湊センセイ、迎えに来てくれたからね。さっきは言いそびれたけど、どうもありがとう。クラブでセンセイの顔が見えた時、俺、本当はすっごく嬉しかったんだよ」

「裕矢くん……」

「涙でそうだった。嘘じゃないよ」

そう言って、裕矢はようやく極上の笑顔を見せた。

（おいおい……）

それは、グラビア撮影などでは決してお目にかかれない、とてもあどけない表情だ。以前、彼が眠っている時に浮かべていたのと同じ、無防備に心を許している顔だった。

まいったな、と湊はつくづく降参する。

絶妙のタイミングでこんな可愛いことを言われては、返す言葉など何も思いつかない。迂《う》闊《かつ》に口を開いたら、自分でも驚くほど甘いセリフを口走ってしまいそうだ。

勝ち気で甘ったれで、そのくせプライドはかなり高い。

そんな裕矢のしおらしく素直な面など、他の連中はほとんど知らないだろう。

そう考えると、まるで自分だけに与えられた特権を味わっている気分になり、湊は知らず幸福な気持ちを噛み締めた。

「そろそろだな」

次第に海の気配が濃厚になってくると、不思議と疲れが消えていく。初めは付き合わされる格好だった湊も、だんだんと気分が高揚し始めてきた。

それとも、隣にいるのが裕矢だからだろうか。

窓を全開にした彼は、大発見でもしたかのように無邪気に声を張り上げた。

「湊センセイ！　潮風だよ、潮風！」

はしゃぐ裕矢につられるように、湊もしょっぱい夜風を深く吸い込んでみる。

徐々に前方に開けてきた海を目指し、アクセルをいっきに踏み込んだ。

「うっわ～っ。真っ暗ですっげぇ怖い～」

水平線すら定かには見えない闇の中を、潮風に晒されながら裕矢が叫ぶ。

車から降りるなりスニーカーを脱ぎ捨て、波打ち際まで一目散に走っていく姿は、まるで毛並みの上等な犬のように元気だった。

遅れて外に出た湊は、ゆっくりと砂浜を歩きながら声をかける。

「濡《ぬ》れないように、気をつけろよ。風邪なんかひいたら、一大事だからな」

「平気だって。湊センセイ、マネージャーみたいなこと言うんだな。俺は……うわっ」

「おいっ」

一際大きな波が打ち寄せて、不意をつかれた裕矢が大きくバランスを崩す。反射的に彼の腕を摑んだ湊は、そのまま強く自分の方へ引き寄せた。

胸になだれ込む形で、裕矢が勢い良く抱きついてくる。弾みで跳ねた前髪が、湊の頰を軽くくすぐった。両腕でしっかりと小柄な身体を抱き止めると、湊は無意識にその手に力を込める。打ち寄せる波が足元を濡らし、裕矢の手がギュッと服を摑んできた。

「あのなぁ、だから言ったじゃ……」

「う、うん、ごめん……」

狼狽する声が、どこか微熱を帯びたように聞こえる。

見た目にも充分細かったが、こうして腕に抱いてしまうと裕矢はとても華奢《きゃしゃ》だった。

十七歳の男の子ならもう少し身体つきががっちりしていてもおかしくはないのに、どこかで年を重ねるのを忘れてきてしまったようだ。

こんなに、と切なく呟く。

こんなに頼りない身体で、毎日必死に頑張っているのか。そう思うと、湊の胸は愛しさでいっぱいになった。それは、ありふれた同情とか哀れみを含んだものではなく、むしろ尊敬の念にも似た思いだった。

「裕矢くん……」

しがみつかれている感触が、ひどく温かくて心地好い。

湊は小さな吐息を漏らし、一層抱き締める力を強くした。

「湊センセイ……」

心細げな声が、ポツンと胸に響いてくる。

裕矢がゆっくりと顔を上げ、何かを訴えるように見つめてきた。

瞳いっぱいに映る顔に、湊は自分が何をしようとしているのかをようやく悟る。裕矢が無言でそれを許し、憂いを帯びた唇が僅かに開かれた。

「俺……」

掠《かす》れた声は、それきり先が続かない。

二人は言葉を置き去りにして見つめ合い、互いの表情の中に必死で何かの答えを求めた。

呆れるほど小さな顔が、湊の手のひらに包まれる。ゆっくりと距離を縮め、自分の落とした影で裕矢が染まってしまう頃、湊は彼の唇を吐息ごと塞いでいた。

「ん……」

裕矢は身じろぎひとつせず、おとなしく湊に全てを委《ゆだ》ねている。

そうして素直に口づけを受け入れながら、更にきつく湊にしがみついてきた。

重なった唇から熱が上がり、漏れる溜め息が一層甘くなる。柔らかな感触を夢中になって味わった後、湊がそっと舌を割り込ませると、裕矢はおずおずと自らの舌でそれを迎え入れた。二人はやっと見つけた相手を愛おしむように触れ合い、優しく互いに絡《から》み合う。ぎこちなく愛撫に応える裕矢の懸命な仕草が、余計に湊を感動させた。

「湊センセイ……」

背中で服を摑んでいる指先が、救いを求めるように震えている。

ふと気づいた裕矢の健気さに、湊の胸は苦しくなった。

「湊センセイ、俺は……」

「好きだ……」

今、自分が腕に抱いている相手はこの世の誰よりも大切な存在だ。

その事実を痛感し、湊は深く息を吐いた。お互いの立場や性別など、いろいろな『条件』で必死に諦めようとしてきたけれど、やっぱり唇に嘘はつけなかった。

そっとキスを休んで離れると、裕矢が夢から覚めたような瞳で見返してくる。あまりに真剣な眼差しに、湊は最初にかける言葉をすぐには決められなかった。

「……湊センセイ……」

一瞬も待てない、というように、裕矢が先に口を開く。

名前一つを呼ぶ音にも、先刻までの無邪気さは欠片も残っていなかった。

「湊センセイ、あの……」

「——裕矢くん」

どんな言葉を操れば、想いを一番正確に伝えられるのだろう。何も思いつけないもどかしさを感じながら、湊は裕矢を見つめ返した。

「俺、ふざけたわけじゃないから」

真っ直《ま》ぐ《す》な視線のまま、湊は真摯《しんし》な声音で言った。

「突然こんな真似をして……裕矢くんが嫌だったのなら、それは心から謝るけど。でも、決してノリや冗談でしたことじゃないから」

「じゃ、どうして……？」

すかさず、裕矢が切り込んでくる。綺麗に澄んだ黒目が落ち着きをなくしているのは、頭の中で湊の答えをシミュレーションしているからだろう。

期待外れな言葉を聞かされても、傷ついた顔など見せないように。

そんな思いがわかるだけに、尚更裕矢が愛しくてたまらない。

湊は軽く微笑むと、再び裕矢へ顔を近づけた。少しも逃げない彼の身体が、勝率の読めない告白にささやかな勇気を与えてくれる。

「キスする理由なんて、一つしかないよ」

滑らかな頬に唇で触れたい衝動を堪えて、湊はゆっくりと言った。

「したかったから。それだけだ。君が好きだから、キスしたくなったんだ」

「好……きって……」

「俺、裕矢くんが好きだ」

「…………」

「抱き締めたり、キスしたり、そういう意味での〝好き〟だよ。男の子相手にこんなセリフを言っている自分が、まだ半分は信じられないけど……でも、本当だ。君が好きだよ」

好きだとくり返している間に、湊の中でも深い確信が生まれてくる。

そうなんだ、と自分の告白を噛み締めて、祈るような思いで裕矢を見つめ返した。

「あ……の、俺……」

恐らく、湊の告白は裕矢にも予想がついていたはずだ。

仮にもキスをした直後だし、湊の真剣な表情は決して作り物ではない。それでも、裕矢は天地が引っ繰り返るほど驚いた表情を見せ、小さな顔の半分が大きく見開かれた目玉に占領されるかと思うほどだった。

「俺は……その……」

「ごめん。やっぱり、そうだよな」

「え……？」

あんまりまともな反応を返されたので、目眩《めまい》がしそうなほど緊張していた湊は逆に落ち着きを取り戻す。それから、一種開き直った気持ちになって改めて口を開いた。

「いいんだ。男から急に告白なんかされたら、誰だってびっくりするよな。何か答えろって言われても困るのもわかるよ。でも、本当に嘘じゃないから」

「だ……だって……でも……」

「正直に言うと、俺もかなり驚いているんだ。君にキスするまで、自分の気持ちをはっきり認めるのが怖かった。でも……冗談で男とキスできるほど、さばけた性格はしてないから」

「それは……それは、俺だって同じだよ」

慌てたように、裕矢が食い下がってくる。同時に、惚《ほう》けていた表情に少しずつ感情が蘇《よみがえ》ってきた。現実として湊の告白を受け止めながら、どうするべきかと必死に考えている様子が愛おしい。そう思えるくらい、余裕のある自分が不思議でもあった。

ああ、そうか。

湊は、静かに納得する。

先ほど、自分が傷つくのは構わない、と心を決めて境界を踏み越えた。

あの瞬間、もう恋は成就していたのだ。

「……俺、裕矢くんのこと、アイドルだけあって可愛いとか、綺麗だとか、そんなことならいくらでも考えた。でも、まさか恋に落ちるとは正直思わなかったよ。まして、こんな風に告白までしているなんて自分にびっくりだ」

「湊センセイ……」

「君を愛しいと思うよ。一人で全部を背負って頑張っていて、それなのに悲愴《ひそう》な感じは全然なくて。皆が、裕矢くんの笑顔で幸せになっている。いつでも自信に満ちていて、そのくせどこか脆くて危なっかしい、そういう君がとても好きだよ」

「…………」

瞬《まばた》きするのも忘れたように、裕矢はジッと湊に視線を留めている。

少しでも目を逸らしたら、そのまま湊が消えると信じてでもいるようだ。

「俺は……」

裕矢は、一度深く息を吸い込んだ。

それから、様々な想いと一緒にそれらをゆっくりと吐き出していく。

「俺、何か……わけわかんない……」

激しく混乱している証拠に、語尾が少し潤んでいた。

湊は心の居住まいを正し、黙って続きを待つことにする。

「あの……湊センセイ。俺ね、いつもあんなクラブで飲んだり騒いだりしてるわけじゃないんだよ。今日はその……初めて……」

「え……?」

突然、裕矢が関係ないことを言い出したので、さすがに少し面食らった。だが、彼はこちらの困惑をよそに、尚も熱心に話し続ける。

「あんな店に行くの初めてだったし、周りにいた連中も友達とかじゃなくて、あの場で知り合っただけの連中で……本当は、連れて行ってくれた奴なんかいないんだ。ただ、前に仕事で一緒になった人に教えてもらったのを思い出して。でも、俺の顔を見たらお店のスタッフが勝手にVIPルームに入れてくれて、それで……」

「ちょ、ちょっと待ってくれ。裕矢くん、何の話をしてるんだ? 俺は君が……」

「今日、仕事が終わって家に戻ったら」

そこまで一息に話してから、僅かに裕矢はためらいを見せる。

だが、残りのセリフは息継ぎもせずに最後まで言い切った。

「母さんに、言われたんだ。事務所へ行って、社長に〝息子を引退させてくれ。普通の高校生に戻してくれ〟って話をしたんだって。仕事と勉強の両立なんか、絶対にできるわけがないからって……」

「なん……だって……」

話を聞くなり、湊は顔色を失った。

元から芸能活動に反対とは聞いていたが、本人の意向を無視してそんな行動に出るなんて、いくら母親でも許される道理がない。

しかし、さすがに裕矢は冷静だった。彼は一瞬熱くなりかけた湊に、弱々しく微笑《わら》いかけながら宥《なだ》めるように言った。

「ちゃんと契約しているんだし、もちろんそんな要求が通るわけない。社長も、そう言って母さんを帰したんだって。だけど、それを聞いたら何か……いっぺんに全身から力が抜けていっちゃってさ。俺、今まで母さんを喜ばせたくて、一生懸命頑張ってきたつもりだったんだけど、結局何も伝わってなかったんだなぁって……」

「裕矢くん……」

「なんか、何もかも嫌になっちゃって。それで、ウサ晴らしにふらっとクラブに寄ってみたんだよ。でも、適当なところで帰ろうと思ったら表にマスコミが張ってるって聞いてパニックになっちゃって……。あそこ、芸能人が来るから遅い時間に記者がよく待機しているらしいんだ。入るところを撮られなかっただけでも、ずいぶんラッキーだったよ」

「それで、俺を呼んだってわけか。まぁ、田宮さんに知られたら大目玉だもんなぁ」

湊の呟きに、裕矢は何度も力強く首を振る。

「違う、そうじゃないんだ。俺……本当はクラブで飲んで騒ぐよりも、湊センセイに会いたかったんだ。母さんと喧嘩《けんか》になって家にも帰りづらくて、そんな時、無性にセンセイの顔が見たくて仕方がなかった。だって、俺のプライベートな問題で、あんたみたいにムキになって何か言ってくれる人、どこにもいなかった。だから……すごく会いたくて……」

「だったら、どうして素直にそう言わなかったんだ？」

「だって、ただの家庭教師のあんたに泣き言なんて言えないじゃないか」

半分泣きそうになって言われたセリフに、ハッと胸を突かれた。

彼が湊の捨てた色紙にサインしてくれた時、サービスだよ、とうそぶかれて落胆したことがある。あれは、もしかして裕矢なりの線引きだったのかもしれない。そんな風に心を隠して付き合うことで、湊に甘えまいと踏ん張っていたのだ。

「俺と湊センセイは、友達でも何でもない。決められた時間だけ一緒に過ごす、契約上の繋がりにすぎないから。だから、最初は諦めて……我慢しようって思ったんだ……」

「………」

裕矢の打ち明けてくれた本音は、湊に深い感動を与えていた。

辛《つら》かった時、行き場がなくなった時。彼が会いたいと思った相手が、他の誰でもない自分だったなんて、何だか都合のいい妄想にしか思えない。

けれど、つまらない心配を払拭《ふっしょく》するように、裕矢はにっこりと笑ってくれた。

何の飾り気もない、ただの久遠裕矢としての最高の笑顔だった。

「どうしよう、湊センセイ」

微笑みながら、裕矢は言う。

「俺、すごく嬉しい。センセイの〝好き〟が、俺と同じ種類の好きだってわかったから」

「え……」

「抱き締めたり、キスしたりしたい。そういう意味で好きなんだって、さっきそう言ったよね？　俺、さりげなく湊センセイに触れるチャンスをずっと拾ってたんだよ。だから、キスされた時は夢みたいだって思った。きっと、湊センセイが何もしなかったら俺からキスしてたと思うよ。それ、奇跡って言わないかな」

「言っていいと思う」

大きく頷き、湊が即答した。

「俺、さっき初めてまともに裕矢くんに触れたじゃないか。でも、その瞬間に今まで培ってきた常識とか理性とか、とにかく自分の気持ちを君から遠ざけていた要素がパッと弾け飛んだんだ。そういうのは、やっぱり奇跡って呼ぶんじゃないのかな」

「何か、すごい理屈」

裕矢の微笑が、笑い声に変わる。

彼は満ち足りた音色を響かせてから、ゆっくりと湊の胸へ頭を寄せてきた。

「……湊センセイが、初めてだったんだ」

「え……？」

「初めて、俺に〝偉かったな〟って言ってくれた。別に、誰かに褒められたくて頑張ってきたわけじゃないし、それだけで好きになるほど単純じゃないけど、でも……嬉しかった」

「裕矢くん……」

ささやかれる言葉に胸が詰まり、湊は強く裕矢を抱き締める。その一挙手一投足に世間が騒ぎ、眼差しの行方《ゆくえ》一つで皆を虜《とりこ》にする裕矢が、たった一言の贈り物だけでこんなに可愛く変貌するのだ。その事実を、はたして何人の人間が知っているだろう。

もちろん、湊だって二人の将来に不安がないわけではない。

裕矢がアイドルであり続ける以上、常に周囲から注目を浴びるのは仕方のないことだ。その視線をかいくぐって恋を育んでいくことは、仮に自分たちが普通の恋人同士だったとしても非常に難しいだろう。

（覚悟、決めなきゃな）

まして、湊と裕矢はあまりにもお互いの環境に違いがありすぎた。湊は東京での就職先を勝手に決めてしまい、先日もその件で父親を激怒させたばかりだ。仕送りを止められて窮乏生活を送る湊と、出すＣＤは大ヒット、ドラマやＣＭでも引っ張りだこの裕矢では『収入格差』という厳しい現実も立ち塞がっている。

それでも、湊は踏み出してみようと思った。

多分、二人を取り囲む現実に対して不安を覚えるのは、裕矢の方が先だろう。それは、彼がまだ幼くて、容易には埋められない深い孤独を内面に抱えているためだ。だから、せめて自分がしっかりした大人になることで、彼を安心させてやりたかった。

「……裕矢くん。とりあえず、これからのことなんだけど……」

「何？」

「恋人同士として付き合っていくなら、必要不可欠なものがあるよな？　何しろ、俺たちは世を忍ぶカップルになるわけだから」

「え……？」

「改めて、君の携帯番号を教えてもらえるかな。プライベートな方の」

湊が真面目くさった口調でそう言うと、裕矢は悪戯めいた瞳でこちらを見上げてくる。

それから、彼はそっと甘えるような声でせがんできた。

「いいよ。ただし、もう一回ちゃんとしたキスをしてくれたらね」

4

松ノ宮学院の二学期の中間試験は、十月中旬に三日間に亘《わた》って行われる。

裕矢は前からスケジュールを調整し、何があっても試験を最後まできちんと受けられるようにと、態勢に万全を期していた。

「あと三日かぁ……」

事務所で試験勉強の仕上げに精を出していた裕矢は、ふとノートから顔を上げるとしみじみとした口調で呟く。今日は社員やタレントも出払っており、残っているのは裕矢と湊、そして事務と電話番を担当しているバイトの女子だけだった。おまけに、勉強の妨げにならないように、彼女は別室で仕事をしてくれている。要するに、現在の彼らは幸運にも二人きりなのだ。そのせいか、裕矢はいくぶん弱気な表情で湊に不安を訴えてきた。

「俺、本当に大丈夫かなぁ。最低でも、一科目で八十点以上は取らないとやばいんだ」

「前にも言ったけど、裕矢くんに足りないのは時間だ。成績が落ちたのだって、授業を受けられなくて独学じゃフォローがきかなかったからだろう？　何も心配いらないよ」

「……ねぇ、湊センセイ」

「ん？　どっか、わかんないとこあるか？」

湊が向かいの席から身を乗り出すと、たちまち拗ねた目つきで睨まれる。

「そうじゃなくてさ。家庭教師、試験が終わるまでの約束だろ。大学だってもう始まってい るし、そうそう会えなくなるんじゃない？」

「うん、まぁ……今までのようなペースは、少し難しいかもしれないな」

「そんな他人事みたいに……」

ますますふくれっ面になる裕矢は、完全に素の顔に戻っている。海で一緒に過ごした日からまだ十日ほどにしかならないが、こういうギャップが湊にはとても魅力的だった。

澄ましたアイドルの顔と、少し子どもっぽい正直な顔。

どちらの裕矢も綺麗で可愛いし、心から愛しかった。

「試験が終わって、お役ご免になったら……」

不機嫌な様子の裕矢に顔を近づけ、湊は声を落として神妙にささやく。

「俺、田宮さんに話そうと思うんだ。裕矢くんと付き合っていますって」

「えっ！」

「無謀な賭けかもしれないけど、マネージャーは仕事上の大切なパートナーだろ。できれば隠し事はしない方がいいし、彼が協力してくれれば俺たちだってだいぶ会いやすくなると思うんだよ。嘘をついて隠れ回るより、きっと良い結果を生むはずだ」

「で、でも……」

裕矢がためらうのも無理はないが、長い目で考えた場合、絶対に避けては通れない問題だと湊は思っている。一朝一夕に許してもらえるわけはないが、ここで頑張らないことには自分たちは先へ進めない。

そんなことを考えながら、湊はふっと不思議な気持ちに襲われた。

自分は、いつの間にこんな前向きな人間になっていたのだろう。バイトをクビになってクサクサして、テレビに向かって毒づいていた頃が、ひどく昔に感じられる。

裕矢を腕に抱いた時、彼を守りたい、と心から思った。

その瞬間から、何かが変わったような気がする。恋の力の真価は、本気で落ちてみないとわからないものだ。

「湊センセイ……本気なんだね」

湊の表情に少しも躊躇がなかったので、とうとう裕矢も覚悟を決めたようだ。

彼は額をコツンと湊の額にぶつけると、柔らかな笑顔で口を開いた。

「……わかった。俺も、一生懸命説得してみるよ。まぁ、どのみち反対されたって、湊センセイとの付き合いはやめないけどね」

「その呼び方なんだけど……」

「うん?」

「人前ではともかく、二人の時はセンセイぬきで呼んでほしいな」

「ぬ、ぬきって……呼び捨てにしろってこと？」

「そう。試しに呼んでみて。ちょうど、今は誰もいないことだし」

瞳を覗き込むようにして、湊は明るくリクエストをしてみる。

困惑気味に目を瞬《しばたた》かせた後、裕矢は意を決したようにおずおずと唇を開いた。

「みなと……」

恥ずかしがっている唇の動きは、間近で見ると一層艶《なま》めかしい。嬉しくなった湊が「よくできました」と言って短いキスをすると、パッと顔を赤らめて後ずさってしまった。

「な……何だよ、いきなりっ。湊、本当に油断ならない奴だなっ」

「湊って……すごい勢いで馴染《なじ》んだな……」

「何だよ、悪いのかよ？」

「いや、悪くはないけどさ……」

それにしたって、順応力ありすぎだろ。

湊が本気で感心していると、裕矢は更に勝ち誇った様子で付け加えた。

「湊も、俺のこと裕矢って呼んでいいよ」

「は？」

「だから、二人の時は呼び捨てにしてもいいよって言ってんだよ。嬉しいだろ？」

「あのなぁ……。ホント、初対面の時から思ってたけど、おまえって生意気な奴だよな」

「湊だって、少し前まで俺のこと〝君〟とか言ってたくせに、もう〝おまえ〟かよ」

「や、それはだな……」

「俺が生意気なんじゃなくて、そっちが貫禄なさすぎなんだって。湊、すぐに懐かれるタイプだもんな？　大方、その調子で女の子を誤解させて、しょっちゅうトラブルに巻き込まれていたんじゃないの？」

「う、うるさいな」

微妙に痛いところを突かれて、自然と言い返す声も弱くなる。

やたらと勘の鋭い恋人を持つのも考えものだが、裕矢がくり返す「湊」の響きがとても心地好かったので、まぁいいかと能天気に思った。

「いけね、ずいぶんサボッちゃった。今日は、午後一で歌番組の収録があるんだよ。そろそろ、田宮さんが迎えに来るかも……」

「噂をすれば影。もう来たんじゃないか？」

湊の言葉を裏付けるように、廊下から几帳面な足音が近づいてくる。気のせいか普段よりずいぶんと早足のようだったが、事務所のドアが勢い良く開かれるまで、湊も裕矢も別段気にも留めていなかった。

——ところが。

「裕矢！　大変だ！」

「田宮さん……」

ドアノブを握り締めたまま仁王立ちする田宮の姿に、裕矢は目を丸くする。いや、彼だけでなく湊も同様に驚いていた。日頃は冷静で取り澄ました顔しか見せない彼が何があったのかひどく狼狽しており、ただならぬ気配を漂わせている。

「ど、どうしたんだよ。大変って、一体何が」

「オーディションだ。藍田監督の新作オーディション！」

噛みつかんばかりの様子で、田宮が声を震わせた。

「日程は、来週の水曜だって言っておいただろう？」

「……うん……」

「それが、ついさっき急に変更になったんだ。スポンサーの都合で、三日後の昼になった」

「ちょっと待ってくれよ。三日後って……」

「そうだ。裕矢、おまえの中間試験の初日だ」

「嘘……」

聞くなり、裕矢の顔色がサッと青くなる。

一瞬にして張り詰めた空気に、湊も事の重大さを感じ取っていた。

「そんな、どうしよう……。田宮さん、俺、やっぱり欠席なんかしたらまずいかな……」

「オーディションを？　冗談言わないでくれ。いくら藍田監督が裕矢を推していても、スポンサーがうんと言わなきゃ難しい。第一、裕矢を他のトップ連中に見せて、皆の了解を取りつけるのが今回のオーディションの目的なんだぞ。それを欠席なんかしたら、藍田監督の立場がないじゃないか」

「そっか……そうだよね……」

「どうやら小耳に挟んだところによると、里中葉平が受けるって言ってきたらしいんだ」

「葉平が？　このオーディションを？」

「ああ。スポンサー側からの推薦を取りつけて、とにかく参加するだけでもいいからって強引に割り込んできたらしい」

「スポンサー側の推薦……」

今度こそ、裕矢は言葉を失う。

葉平の後ろには、何かと自分を敵対視している堀江が控えているのだ。実力で負けるとは思わないが、こうなるとオーディションの日程変更も単なる偶然とは思えない。

田宮も同じことを考えているようで、眉間には深い皺が刻み込まれていた。

「今回の映画、メインスポンサーはＮ食品だ。あそこのスナック菓子は、葉平がメインキャラとしてＣＭに出ているだろう。恐らく、それで堀江のゴリ押しがきいたんだ。あいつは、そういう点で抜け目のない奴だからな」

「それじゃ、もし俺がオーディションに出られなかったら、映画の主役は葉平が演《や》るかもしれないってことかよ？　そんなバカなことあるもんか。第一、藍田監督は……」

「藍田監督だって、スポンサーの意向には逆らえない。下手をすれば、自分が降ろされてしまう。資金が集まらなければ、映画自体が作れないんだから」

「でも……だって……」

どうする、と田宮が無言で尋ねてくる。

試験を取って仕事を捨てるか、仕事を取って退学を覚悟するか。

いずれにせよ、決めるのは裕矢自身だ。

「俺は……」

裕矢の瞳が、激しい動揺に揺れていた。

机の上で組まれた指が、気の毒なくらいに震えている。黙って彼らのやり取りを見ていた湊は、完全な部外者で何も力になれない自分が恨めしかった。

「俺は……でも……」

どうしよう。どちらも選べない。

そんな裕矢の叫びが、はっきりと聞こえてくるようだった。田宮も無理強いせず、辛抱強く返事を待っている。これまでの彼の態度を思えば頭ごなしに仕事を優先しろと言ってきてもおかしくないと思ったが、どうやらそれは誤解だったようだ。

田宮には田宮なりの、裕矢への愛情がある。

だから、全面の信頼を置いて大事な決断を彼に任せたのだろう。

「俺……」

「両方、受けたらいいじゃないか」

思わず、湊はそう口を挟んでいた。

蒼白《そうはく》だった裕矢が、ハッとしてこちらを見る。湊は自分の発言を素早く検討し、次には確信を持って彼に頷いてみせた。そうだ、どちらも選べないのなら、両方を選べるように考えてみるべきだ。湊は田宮へ向き直り、決意のこもった声で尋ねた。

「オーディション、何時からですか？」

「……正午ちょうどです。場所は、青山にある藍田監督の事務所で……」

「松ノ宮学院は、確か目白だったよな。試験開始が朝の九時で、初日の科目は……古文、英文法、数Ⅲだ。制限時間は四十分で、休み時間が二十分。順当にいけば、最後の数学が終了するのが午前十一時四十分になる」

「間に合わないよ」

絶望的な表情で、裕矢が力なく首を横に振る。

「仮に車を飛ばしても、ぎりぎり間に合うかどうかだし、万が一渋滞にでもハマったらもうアウトじゃないか。大体、一分の余裕もないような状況じゃ、オーディションだって……」

「間に合わせるんだ、裕矢」

きっぱりと言い切ると、湊は裕矢の両肩を強く摑んだ。

「試験は、答案が書けた者から退出してもいい決まりだろう？　最後の数Ⅲ、おまえ二十分で全問解けるか？」

「二十……分……」

「そうだ。答案は見直すな。時間が惜しい。一発勝負のつもりで、勘を働かせるんだ。前に教えたよな？　数学は勘と経験が大事だって。大丈夫、経験の方だって俺と嫌になるほど問題を解いてきたじゃないか。この一ヶ月、おまえは頑張った。だから、きっとできる」

硬直している身体を軽く揺さぶって、一言一言をゆっくりと言い聞かせる。

狼狽のため焦点の合っていなかった裕矢の目に、やがて少しずつ生気が蘇り始めた。

「二十分で解けば……それから車を飛ばせば、何とかいける……いけるよな？」

「ああ。校門前に俺が車を乗りつけておくから、全速力で走ってこい。何がなんでも、十二時までに裕矢をオーディション会場に送り届けてやるから」

「それなら、私は先に藍田監督の元へ行っておきましょう。先方と交渉して、里中葉平を先に面接してもらうように頼んでみます。それでも大した時間稼ぎにはならないでしょうが、やらないよりはマシでしょう」

「田宮さん……」

ようやくいつもの落ち着きを取り戻し、田宮が冷静な口調で提案する。裕矢は潤んだ瞳で二人を交互に見つめ、消え入りそうな声で「ありがとう……」と呟いた。

「湊も田宮さんも、本当にどうもありがとう。俺……俺、絶対に両方とも頑張るから……」

「いいんだよ、裕矢。ほどほどで」

肩からホッと力を抜き、田宮がいくぶん声の調子を和らげる。彼らしからぬ穏やかな言い草に、裕矢だけでなく湊までもが、一瞬呆気に取られた顔になった。

「先日、裕矢のお母さんが事務所に来ただろう？　ほら、芸能界を引退させたいって」

「う……うん……」

「おかしなものだが、その話を聞いた時、私は自分でも滑稽なくらい慌てたんだよ。このまま裕矢が引退してしまったら、私の生き甲斐はどうなるんだろう。そんな大袈裟なことまで考えてしまった」

「田宮さん……」

「まだまだ、裕矢に挑戦してもらいたい仕事はたくさんある。それに、これから君はもっと伸びるだろう。それを見届けもしないで途中で夢を諦めるなんて、冗談じゃない。だから、君のお母さんにもはっきりとそう言ったんだ。裕矢は一人じゃない、いろんな人の夢を背負ってやっているんだってね。アイドルは気まぐれに始めてやめられるような、そんな甘い仕事じゃないんだ」

何を思ったのか、そこで田宮はちらりと湊へ視線を移す。まだ裕矢の肩をしっかりと摑んだままだったのに気づき、湊は気まずくその手を離した。

「……息の長い活動をしてもらうなら、気を張り詰めすぎるのも問題だ。そう、前に百合岡先生が車の中で裕矢に同じことを言っていたね。だから、リラックスして試験もオーディションも受けなさい。大丈夫、私と百合岡先生がついているんだから」

「………」

裕矢は、黙って頷く。

深く何度も、言葉にならない思いを込めて。

最後に、田宮が誇らしそうに言った。

「自信を持って」

「君は、皆のアイドルなんだからね」

「そろそろだな……」

校門前に乗りつけた車の中で、湊は腕時計を睨みながら呟く。

午前十一時十八分。教室では、裕矢が答案を書き終えている時間だ。エンジンのキィを回し、いつでも発進できるように準備を整えた湊は、走ってくる彼の姿を求めてジッと学院の

敷地内へ目をこらした。

この三日間、裕矢は実に生き生きと、仕事や勉強をこなしていた。刹那的に自分を追い詰めるようなところもなくなり、心の底から毎日を楽しんでいるのが湊や田宮にまで伝わってくる。明らかに、彼の中で何かがふっきれたのだ。少し凛々《りり》しくなった表情が、何よりもそれを物語っていた。

田宮の説明によると、堀江高久はかつて裕矢の事務所からアイドルとしてデビューした時、田宮がマネージャーを務めたという関係だった。ところがまったくの鳴かず飛ばずで、ほとんど世間に顔を知られないままに引退を余儀なくされたのだという。おまけに、その後で手がけた裕矢があっという間にトップアイドルへ上り詰めたので、堀江の屈折した思いは全て裕矢へ向けられることになってしまった。

「そういえば、大手事務所から妨害にあったとかって、前に言っていたもんなぁ……」

裕矢はあの通りの勝ち気な性格だから、潰すどころか余計に発奮させてしまい結果オーライだったらしいが、その分も田宮は心労が絶えなかったようだ。今回のオーディションに関しても、やはり堀江の裏工作があったのは確実なようだと嘆いていた。

「……来たか？」

思わず回想に浸っていた湊は、制服姿の少年が走ってくるのを見咎める。緊張を走らせ、見つめた時計の長針は二十分ジャストを指していた。

「湊、お待たせっ！」

ブレザー姿の裕矢が息を弾ませて助手席へ滑り込み、急いでドアをロックする。先日海へ出かけた時と同じ友人からの借り物の小型車だったので、彼は一瞬だけ懐かしそうな顔で車内をぐるりと見回した。

「よし。じゃあ、行くぞ」

「うん！」

裕矢のシートベルトを確認してから、湊は慎重に車を発進させる。ところが、そのまま勢いよく走り出すはずがガクンと前につんのめり、あろうことかそれきりウンともスンとも言わなくなってしまった。

「な……何だ……？」

予想外の展開に頭が真っ白になりながら、何とか動かそうと懸命になる。焦る気持ちを堪えて何度もキィを回してみたが、エンジンはまったく無反応だった。

「何だよ、どうしたんだよ、おいっ」

「……かからないの？」

悪夢を見るような顔で、裕矢が呆然と問いかけてくる。

あれだけ必死に勉強を重ね、教室から走り通してきた苦労が全て無駄になろうとしているのだ。湊は冷汗をかきながら何とかエンジンをかけようと空しい奮闘を続けていたが、とうとうどうにもなりそうにないと諦めた。

「くそっ！　何でこんな時に！」

「やっぱり……やっぱり無理なんだよ……」

さすがに気弱になった裕矢が、可哀相なほどがっくりと項垂《うなだ》れる。あと一息というところで身動きが取れなくなったのだから、湊にも慰めようがなかった。

(何とか……何とかしないと……)

ここで、ぐずぐずしている時間はない。

くじけそうになった気持ちを立て直し、湊は毅然《きぜん》と顔を上げた。

「裕矢、降りろ。まだ時間はある」

「そんなこと言っても……」

「タクシーを捕まえよう。試験で時間は稼いであるから、急げば間に合うはずだ」

「ここ、学区内だからタクシーは滅多に通らないんだ。電話で呼んでいる時間はないから、大通りまで出ないと……」

答える裕矢は、もはや半分投げやりな響きになっている。予想外のハプニングのせいで、気力がいっきに失われてしまったらしい。けれど、湊は諦められなかった。まだ、僅かだが時間に余裕はあるのだ。ぎりぎりまで粘ってみなければ、結果だってわからない。

「……駅」

ふっと、耳慣れた単語が頭に思い浮かんだ。

「そうだよ、駅だ！　目白駅なら、ここからすぐだよな。裕矢、電車で移動しよう。ＪＲと地下鉄を乗り継げば、三十分もかからないで青山に着く。急げ、走るぞ！」

「ちょ、ちょっと待ってよ」

車から飛び出しかけた湊を、裕矢が慌てて引き止める。何をぐずぐずしているんだ、と責める瞳で振り返ると、困惑しきった表情で裕矢が遠慮がちに尋ねてきた。

「あのさ……俺、一応アイドルなんだけど……騒がれたりしないよな？」

「あ、そうか……」

今更な事実に、湊は間の抜けた声を出す。

そうだった。最近はすっかり恋人の目で裕矢を見るようになっていたので、そんな基本的なことを失念していた。昨日今日デビューの新人ならともかく、裕矢は今やトップアイドルの一人だ。登下校にすら車を利用するような人間が、電車に乗って他の乗客の迷惑や騒ぎに発展したりはしないだろうか。

「やっぱり、まずいかな。いや、でも意外と乗客もクールに対応するんじゃないか？　街で芸能人を見かけても、あんまり群がったりしないだろ？」

「集団になったら、わからないよ。誰かが騒げば、皆も便乗する。電車なら、尚更だ」

「でも、時間的に騒ぎそうな学生は学校だ。正午近くの利用客なら大人だし……」

「俺を、その辺の二流アイドルと一緒にしてもらったら困るんだけど？」

こんな時だと言うのに、フンと裕矢がうそぶいた。

「湊、知らないのかよ。俺のファンは老若男女、あらゆる層にいるんだからな」

「おまえなぁ……」

自分で言うな、と突っ込もうとしたら、裕矢はすかさず「なんてね」と笑う。

笑って――すぐに、勝ち気な瞳を復活させた。

「電車で行く。きっと、それが一番早い」

「い……いいのか？」

「平気。湊が一緒だからね。いざとなったら、俺のこと守ってくれるだろう？　やれるだけのことは、全部やってみたいんだ」

そう言うなり車を降り、裕矢は駅に向かって全速力で駆け出した。


ＪＲで渋谷に出て、駅構内を地下鉄乗り場まで走り抜ける。制服なのが功を奏し、山手線では裕矢の正体に気づく者はそう多くはなかった。仮に気づいたとしても、思い切りプライベートな格好のせいか、無遠慮に声をかけてくる輩がいないのは幸運だった。

それでも車両内では充分な注目を浴びたし、こちらを指差して何か話している気配も感じたが、これはもう有名人なので仕方がないだろう。むしろ、まるきり無視をされた方が裕矢だって傷つくに決まっている。

だが、安心できたのもここまでだった。

地下鉄に乗り替えた途端、湊たちの状況は一変する。遅れて車両に乗り込んできたのが、運の悪いことに、同じように試験帰りらしき女子高生の集団だったのだ。

初めに一人が、「あ……」と口を開けた。

彼女は無言で隣の友人をつつき、たちまちその行為はグループ内を駆け抜ける。やがて、少女たちは集団の強みで気後れすることなく声高にさえずり出した。

「うっそ、マジ本物じゃん？」

「あの制服って、松ノ宮でしょ？　まさか、アイドルが行ってるわけないよねぇ」

「でも、あたしネットの噂で見たことあるよ。久遠裕矢は松ノ宮だって……だからさぁ」

「もしかして……」

「――ホンモノ？」

その言葉を機に、彼女たちは声を揃えて「きゃーっ！」と歓声を上げた。

突然の騒ぎに他の乗客たちも、何事かと裕矢に注目する。同時に、少女たちの「裕矢だってば、久遠裕矢っ！」の連呼が始まり、車両内はあっという間に騒然とした雰囲気に包まれてしまった。

「やばいよ、湊……どうしよう……」

ドアの近くに立った裕矢は、顔には出さないように努めているものの、かなり狼狽えている。普段はどんなにファンが騒いでもスタッフががっちりガードをしてくれるのだが、今は彼女たちと自分を隔てるものが何もないのだ。しかも、場所は一種の密室空間で逃げたり隠れたりする場所もない。

だが、一番の問題は他にあった。

ここで騒ぎを起こしたら、電車を降りなくてはならない。そうなれば、間違いなくオーディションには間に合わないだろう。

「……くそ」

湊はなるべく彼に寄り添って、乗客の視界から裕矢を遮ろうとしていたのだが、女子高生たちが騒いだお陰でそれも無駄な努力となってしまった。

「あの、学校の帰りなんですかぁ？」

「いつもドラマ観てますぅ」

「今度の新曲って、すっごく良くて……」

湊のバリケードなどものともせず、彼女たちは口々にしゃべりながら、どんどん距離を狭《せば》めてくる。おまけに、いつの間にか女子高生ばかりではなく、騒ぎを耳にしたヤジ馬たちまで周囲を囲み始めていた。

（あもう、畜生。何だって、こんな……）

誰かに便乗してなら、自分も安心して騒ぐことができる。

裕矢の言葉を身を以《もっ》て実感し、湊はますます広がる見物人をジリジリする思いで見つめていた。腹が立つことに久遠裕矢の名前や顔を知らない輩までもが、何の騒ぎかと好奇心をむきだしに近づいてくる。人垣は次第に膨れ上がり、押された人間が一人に文句をつけた。すると、別の誰かがすぐさま言い返し、険悪な言い合いがあちこちで生まれる。途中の駅で乗り込もうとした人たちが、車内の雰囲気に恐れをなして慌てて隣の車両へ移っていった。

「何なんですか、この騒ぎは。この車両、何があったんですか？」

異様な熱気が充満する中を、年配の駅員が乗り込んでくる。どうやら、前の停車駅で誰かが連絡をしたらしい。彼には反対のドア側にいる裕矢は人垣で見えないようだが、女子高生の一人が「裕矢ですよ、久遠裕矢。ほら、学園ドラマとかによく出てるでしょ。この電車に、乗ってるんですぅ」と報告しながら、一際甲高《かんだか》い声で「サイン欲しい〜！」と叫んだ。

「え、あたし写真撮りたい。ちょっと、前の人どいてくんないかな」

「まさか、こんなところで会えるなんて感激だよねぇ。あたしもサイン欲しい〜」

「急がないと、降りちゃうんじゃない？」

「ええ、やだやだ〜」

再びさざ波のように広がる一連のおしゃべりに、駅員も不愉快そうに眉をしかめる。見たところ五十代になろうかという彼にとっては、十代の男のアイドルなど、もっとも興味のない人種に違いなかった。

「いや、ちょっと困るねぇ。他のお客さんにも迷惑だし。それで、さっきも苦情が来たんだから。ええと、すみませんが！」

人込みをかき分けるようにして、駅員が強引に動き出した。

彼はようやく湊と裕矢の前まで辿《たど》り着くと、感心しかねるといった顔をする。そうして、いかにも胡散臭《うさんくさ》そうに二人を眺めた後、事務的に口を開いた。

「あの、大変申し訳ないんですが、次の駅で一旦電車から降りていただけませんか？　もうすぐ駅に到着しますし、とにかく興奮している人が多くて危険ですので……」

「そんな……次って、まだ外苑前でしょう。俺たち、青山一丁目まで行かないと……」

冗談じゃない、と湊は青くなる。ここで降ろされたら、本当に一巻の終わりだ。

「騒がせたことはお詫びします。でも、どうしても青山に行く必要があるんです。お願いですから、あと数駅だけ見逃していただけませんか」

「湊……」

必死で頭を下げていると、裕矢が不安でいっぱいの声を出した。下手にしゃべるとヤジ馬たちを煽《あお》ってしまうので、極力目立たないよう黙っていたのだ。

「お願いします、この通りです！」

「しかし、二駅もこの状態だとこちらとしても収拾がつきませんしねぇ。できれば電車を一本ずらしていただくか、何かしらご配慮いただかないと事故に繋がる危険もありますし」

「いや、でも……」

「すでに、苦情も来ているわけですから」

「………」

何とか食い下がろうとしたが、状況は悪くなるばかりだった。だが、駅員の言い分ももっともだし、周囲の乗客は裕矢がどう出るのかを興味津々で見守っている。無視をすれば悪い噂が立つし、言いなりになればオーディションに遅れてしまう。

（どうする……最悪の事態を回避するには、どうすればいい……）

決断を迫られる湊を見て、裕矢が事情を説明するために前へ出ようとした。それを反射的に押し留《とど》め、湊はきつく唇を嚙む。今、ここで人前に裕矢が出たらそれこそ車内はパニックになるだろう。それだけは、絶対に避けなければならない。

（こうなったら、もう一か八かだ！）

覚悟を決めた湊は一つ深呼吸をすると、背中に裕矢を庇《かば》ったまま大きく口を開いた。

「皆さん、お騒がせしてすみません！」

凛と通る声が響き渡り、車内のざわめきがやや静かになる。

こんな大勢の前で話をしたことなど皆無だが、湊は腹を括《くく》って再び声を張り上げた。

「僕は、久遠裕矢のスタッフです。いつも、応援ありがとうございます！」

「み、湊……？」

何を言い出す気かと、裕矢も狼狽えている。

大丈夫だから、と素早く目配せをして、続けて深々と頭を下げた。

「本日は、同じ車両の皆様にご迷惑をおかけして本当に申し訳ありません！　諸事情から地下鉄での移動を余儀なくされてしまいました！　制服なのであまり目立たないだろうと思っていたのですが、ちょっと読みが甘かったみたいです！」

湊は真剣だったが、とぼけたセリフにくすくすと笑い声が起きる。ほんの少しだけ場が和んだのを感じ、ホッと息をついてから話を続けた。

「乗客の皆さん、裕矢の格好を見ておわかりの通り、彼はたった今中間試験を受けてきたばかりです。仕事と学業を両立させるため、家庭教師までつけて頑張ってきました」

「松ノ宮でしょ？　すごいじゃん、頭いい～！」

一人が気さくに声をかけ、裕矢が遠慮がちに「どうも」と小さく頭を下げる。湊は少し間をあけてから、再び乗客へ向き直った。

「今、裕矢は試験を終えて大事な仕事に向かうところです。でも、普通に移動していたら間に合わないのでやむを得ず地下鉄を利用することにしました。それも、あと二駅で目的地で

す。どうか、それまで俺たちを乗せておいてくれませんか。次で降ろされたら、仕事に間に合わないかもしれません。一つ信用を失うと、今後の仕事にも差し障りが出ます」

「差し障りって、どういうこと？」

また別の乗客が、湊へ質問を投げかけてくる。

「裕矢くらい売れっ子でも、大目にみてもらえないの？」

一瞬躊躇した後で、湊は「アイドルの代わりなんて、たくさんいます。裕矢も例外ではないでしょう」と正直に答えた。

「裕矢が皆さんの前で芝居をしたり歌ったりする姿をお届けできるのも、彼が立派なプロ意識を持っている証です。学業にも手を抜かず、仕事にも精いっぱい打ち込むのは容易ではありませんが、制服姿で移動する彼を見てもらえればその頑張りの一端はわかっていただけると思います。でも、そんな頑張りも一回の遅刻で全部ダメになることだってある。だから、必死で地下鉄に飛び乗ったんです」

ざわめいていた車内は、いつしか水を打ったように静かになっていた。

皆、湊が懸命に話す様子を言葉もなく見つめている。裕矢が何か言おうと口を開きかけた時、車内アナウンスが次の停車駅の名前を告げ始めた。

「降りなくていいよ」

駅員に裕矢の説明をした女子高生が、頑とした口調でそう言った。

「あたしら静かにしてるし。あとたった二駅なんでしょ？　降りなくていいって」

「うん。降りる必要ないよ」

「私たちが、いつも通りにしていればいいんでしょ？　裕矢なんていない顔して」

「そうそう。だから、頑張んなよ」

「ごめん、騒がしくして。もう黙るから、許してくれる？」

彼女たちの思いは瞬《また》く間に車両内に広まっていき、他の乗客たちも口々に声援を送り始める。刺々しかった空気は、いつしか明るく穏やかな雰囲気に包まれていた。

「頑張ってね。応援しているのよ、いつも」

「また映画館で裕矢に会えるの、すっごい楽しみにしてるからっ」

「ドラマだって、毎週チェックしてるし～」

「とにかく、娘が大好きで……」

それぞれの温かな言葉を受け、湊と裕矢は感謝を込めて頭を下げ続ける。その直後、電車がホームに到着し、人々はピタリと口を閉ざした。

「あの、俺たちは……」

「ま、まぁ、いいでしょう。騒ぎも収まったようですし」

恐る恐る尋ねる湊に、駅員が狐《きつね》につままれた面持ちで答える。彼はそのまま降りていき、入れ替わりに入ってきた乗客は、一瞬前までどんな騒ぎがあったのかも知らずに思い思いの場所に落ち着いていった。

くすくす、と誰かの小さな忍び笑いが散る。

やがて、車内に『青山一丁目』のアナウンスが響き渡った。電車がホームへ滑り込み、おもむろにドアが開いていく。

「それじゃ、降ります。迷惑かけたのに、たくさん応援してくれてどうもありがとう！」

それまで湊の後ろで沈黙していた裕矢が、スッと前に出て感謝を口にした。

乗客の間でワッと歓呼の声が上がり、彼がぺこりと頭を下げると再び「頑張れ」の声がかかる。裕矢がホームでもう一度深々とお辞儀すると、一斉に拍手が湧き起こった。

事情を知らない乗客たちは、一体何があったんだろうと、互いに顔を見合わせている。

その間にドアが閉まり、鳴り止《や》まない拍手を乗せてゆっくりと電車は走り出していった。

「さて……と」

顔を上げて、二人はホームの時計を見る。

時刻は、午前十一時五十分だった。


国内はおろか海外にも熱狂的なファンを多く持つ、映画監督の藍田義彦《よしひこ》。

彼の事務所はメゾネットタイプのマンションの一室で、今回そこで行われるオーディションは新作映画のキャストを決めるものだった。藍田を始めとする制作スタッフのおめがねに叶《かな》った役者たちのみが受けられるという、なかなかに狭き門だ。

「間に合った！」

締め切り時間ギリギリに滑り込み、裕矢は急いで動きやすい服に着替える。制服を脱ぐたびに表情が引き締まり、芸能人の『久遠裕矢』に変貌《へんぼう》していく様子を、湊は複雑な思いを抱えながら見守っていた。

「里中葉平くんですよ」

先に会場入りしていた田宮が、審査を終えて部屋から出てくる姿を見てそっと耳打ちをしてくる。どこにいたのかまるで影のように現れた堀江が、葉平をねぎらいながら審査員の感触はどうだったかとあれこれ彼に尋ね始めた。

「まったく、このままあいつに嵌《は》められて終わるんじゃないかと、百合岡先生と裕矢が到着するまで生きた心地がしませんでしたよ」

「ご心配おかけして、すみません……」

「お友達から借りた車は、百合岡先生から連絡を貰ってすぐ手配をしておきました。後で、運んだ修理工場をお教えします。それにしても……大胆なことをしましたね」

気苦労が絶えない、と言わんばかりに盛大な溜め息をつかれ、湊はますます小さくなる。

地下鉄で移動したこと、若干のトラブルはあったが何とか回避できたこと、などはすでにメールで報告済みだが、どうもそれ以上のことまで把握しているようだ。

(あれだけ騒ぎになったんだし、誰かネットに流していても不思議はないもんなぁ)

だが、とにかくオーディションには間に合ったのだ。

後は裕矢に全てを任せて、自分たちは見守るしかない。

「じゃあ、田宮さん。湊センセイ、俺行ってくる」

着替えを終え、気持ちを落ち着けた裕矢が、澄んだ眼差しを真っ直ぐぶつけてきた。

「大丈夫だよ。俺、ここへ来る途中でいっぱい元気をもらったんだ」

「え……?」

「ファンって有難いよな」

訝《いぶか》しげな顔をする田宮へ、彼はふふんと悪戯っぽい笑みを浮かべる。

スタッフが裕矢の名前を読み上げ、部屋へ入るようにと指示をした。

「頑張れよ」

月並みだが、他に上手い言葉が出てこない。その代わり、裕矢の右手をしっかり両手で包み込むと、湊は想いを込めてぎゅっと握りしめた。

行ってきます、と二人に一礼し、彼は扉の前まで駆けていく。

「久遠裕矢です。失礼します」

最後にちらりと湊と田宮へ視線を流し、次の瞬間、彼は審査会場へと消えていった。

廊下で待っているのも手持無沙汰《ぶさた》なので、二人は非常階段の踊り場へ場所を移す。途中の自販機で買った缶コーヒーを飲みながら、眼下の風景を見下ろして湊は言った。

「このオーディション、本当なら主役は裕矢くんに内定しているんですよね。それを、他のスタッフにも認めさせるためのものだって」

「ええ、そのように監督からは聞いています。ただ、やらせとは違いますよ。もし裕矢が他の方々に認められなければ役は貰えませんし、別に優秀な役者がいればそちらに獲《と》られる可能性もあります。おまけに、葉平くんのこともあるし……実に波乱含みなオーディションです」

「じゃあ、条件は皆と同じってことですね。良かった」

「君は……」

安堵《あんど》の息を漏らす湊に、田宮は少々面食らった顔をする。

「何でしょうか」

「あの、田宮さん」

「裕矢が落ちるかもしれないのに、そこで安心するんですか?」

「だって、彼には正々堂々と役を勝ち取ってほしいじゃないですか」

「……………」

「それに、俺は裕矢くんを信じています。あの子なら、誰が相手でも絶対に負けないって。初めてテレビで彼の演技を観た時、俺、大して興味もなかったドラマなのに画面に釘付けになりました。裕矢くんはまだ若いし、アイドルの枠を超えるのは先のことかもしれない。でも、本物のスターだってことだけは確信しているんです。芸能界のことなんてろくに知らない素人意見ですけど、彼らは素人に向けて作品を作り、歌を届けているんですよね。だったら、俺の感想も案外バカにしたものじゃないと思いますよ」

自分でも戸惑うほど熱弁を奮ってしまい、湊は些《いささ》か気恥ずかしくなった。

けれど、田宮はバカにすることもなく、真剣に耳を傾けてくれている。先日、裕矢のことを「生き甲斐」とまで言い切った熱い側面を思い出し、何となく湊もいい気分になった。

「田宮さん……」

「はい」

「俺、いずれ時期をみて、あなたに話したいことがあるんです」

「それは……」

田宮は、何かを言いかけてふと口をつぐんだ。それから、今まで見たことのないような柔らかな眼差しになり、にっこりと湊へ微笑みかける。

「それは……楽しみですね」

「え……」

意味深な返事をもらい、思わずどぎまぎしてしまう。

そろそろ戻りましょうか、と言われるまで、湊は何となく顔を赤らめたままだった。

5

「やっぱり、ベッドが狭すぎる」

枕に半分顔を埋《うず》めた状態で、裕矢がちらりと目線を流す。

それを受けた湊は、返事の代わりに彼の頭を大雑把《おおざっぱ》に撫で回した。

「うわ、天下のアイドルに何すんだよ、犬や猫じゃないんだぞ」

「う〜ん、いくら細くても、裕矢は立派に男だよなぁ。今日は、それを再認識した」

「……どういう意味？」

「このベッド、女の子と寝る分にはさほど狭さを感じな……」

最後まで言い終わらない内に、枕で思い切り殴られる。持参のパジャマを着た姿は凶悪と言っていいほど魅力的だったが、機嫌を損ねた裕矢は頭から毛布を被ってしまった。

やれやれ。一言多かったな。

苦笑混じりに反省して、湊は毛布の固まりを愛しげに見つめる。

明日からいよいよ藍田監督の映画がクランクインするので、束の間の休みを裕矢は湊のマンションで過ごしていた。たった一晩の逢瀬だが、それでも普段は忙しくてなかなか会えない二人にとって、今夜は何より贅沢《ぜいたく》な時間だ。

「そうだ、田宮さん驚かなかったか？　外泊、俺のマンションだなんて言っちゃって」

ポンポンと宥めるように毛布を叩くと、息苦しさに閉口したのか、もこっと裕矢が顔を出してきた。まだ怒っているのか仏頂面《ぶっちょうづら》のままだったが、見せかけの不機嫌に過ぎないことは湊もよく承知している。

「どうかなぁ。でも、試験とオーディションが重なったってわかった時、俺たちお互いのことを呼び捨てにしただろ。あれで、何か変だとは思ったらしいよ」

「あ、そっか。半ばパニック状態だったから、気をつける余裕なかったもんなぁ」

「それでかな。湊によろしくって。だから、いつか三人でご飯でも食べようよ。湊、その時はちゃんと田宮さんに話してくれるんだろ？　俺たちは、恋人同士ですって」

「ああ、もちろん」

「すっごいな。俺、田宮さんの反応が楽しみだよ」

まるで、湊が結婚の申し込みにいくような口ぶりだ。話しながらどんどん機嫌を直す裕矢に、（まぁ似たようなもんだしな）と湊は胸で呟いた。

相変わらず、どんな表情でも見飽きないほど裕矢は綺麗だが、幸せそうに笑っている顔はまた特別だ。それが見られるなら、プロポーズくらい何度だってしてやりたかった。

（いっそ、本当にそうできたらな。少なくとも、同じ屋根の下で暮らせるし）

芸能人と大学生の恋愛は、想像以上に大変だ。すれ違いどころか、ろくに顔さえ合わせられない。いや、こちらはテレビの画面越しに見ることはできるが、電波に乗った裕矢は自分だけのものではないので、歯がゆさに一層拍車がかかるだけだった。

「湊、どうかした？」

「ん？」

勘の鋭い裕矢は、すぐさま湊の憂《うれ》いを見抜いてしまう。

不安が移らないよう急いで笑みを取り戻すと、ひょいと顔を近づけて湊は言った。

「明日から、また当分忙しくなるなぁって思ってさ。裕矢、くれぐれも身体には気をつけろよ？　学校だって、一生懸命勉強した甲斐あって試験で上位に食い込んだんだ。これで、当分は安心なんだろう？」

「うん、まぁね。田宮さんの力説と試験の結果が良かったお陰で、母さんも最近は煩《うるさ》く引退しろって言わなくなった。ひとまず、ホッとしたよ」

「俺も、頑張って父親を説得するよ。裕矢に、負けていられないからな」

「そうだよ、頑張ってくれよな。ただでさえ会えないのに、田舎に帰られたら遠距離になっちゃうじゃないか。そんなの、俺、耐えられない」

「心配するなって。おまえが見事に仕事と学業を両立させたように、俺も自分の進路については胸を張って自分の仕事だって言えるものを手に入れるから。親父の説得は、その第一歩だ。だから、絶対に負けないよ」

負けない、と言いながらも、湊は恋人への感嘆を日々深くしている。

裕矢の試験は、一科目八十点以上がノルマの厳しいものだったが、初日に受けた数Ⅲなど半分の時間で見直しもしなかったのに、一番点数が良かったらしい。

集中力の賜物だよ、と裕矢は余裕でうそぶくが、ここ一番という時に強いのもやはり才能の内だろう。湊がそんなことを考えていると、そっと裕矢の手が毛布から伸びてきた。

「あのさぁ。俺、おしゃべりしに泊まりがけで来たわけじゃないんだけど？」

湊の左手を摑むと同時に、挑発するような眼差しが向けられる。

湊は薄く微笑むと、静かに裕矢の傍らへ身体を近づけた。

「俺だって、別にアイドルのパジャマ姿を拝んで喜んでいるだけじゃないさ」

「何だよ、それ。変態っぽいな」

「俺しか知らない裕矢を、見たいってことだよ。二人きりの時は、裕矢はファンじゃなくて俺だけのものだろう？」

「え……」

「な？」

湊は取られた左手を逆に引き寄せると、裕矢の手の甲へ軽く口づける。反射的に戻そうとしたところを右手で押さえ込み、そのまま指先を浅く口に含んだ。

「……あ……っ」

驚いた裕矢から、短い声が漏れる。

ちろちろと舌先で爪を舐め回すと、みるみる内に頬が赤らむのがわかった。

「やめ……ろ……って……」

「どうして？　おしゃべりしに来たわけじゃないんだろう？」

「そ……だけど……」

「食べていいんだろ、全部？」

甘噛みを続けながら、湊は妖《あや》しく誘った。

「裕矢の全部を、食っていいんだよな？」

答えはなかったが、強張っていた指の動きが嘘のように柔らかくなる。

やがて、温度を上げた吐息が裕矢の唇から艶めかしく零れてきた。

「ん……ふぁ……」

「裕矢が出す音は、全部綺麗だな」

湊はこみ上げる愛しさを口づけに変え、指から手のひらへ少しずつ唇をずらしていく。キスを細い手首に降らせた瞬間、そこが敏感な場所だったのか、裕矢の身体が小さく跳ねた。

一度手を解放してから、改めて裕矢に口づける。

重ねた唇は充分に潤い、割り込んだ舌はすぐさま情熱的に受け入れられた。それは、何気ない会話の間に裕矢の熱が育っていたのを思わせる激しさだ。思えば、彼が先刻から身を預けているのは湊のベッドと毛布なので、その香りと温《ぬく》もりに包まれているだけで甘い刺激となっていたのだろう。

「健気だな……」

「んぅ……」

そんな裕矢が可愛くて、湊は飽かずにキスをくり返す。

うっとりと睫毛を震わせる目元や、綺麗に並んだ白い歯、目につく場所を次々と舌で愛撫し、優しく口づけていった。

やがて。

「え……っ……」

湊がパジャマの貝ボタンに手をかけると、さすがに閉じていた目が開かれる。

二人は間近で見つめ合い、やがて裕矢が心細げな声で小さく呟いた。

「俺……こういうこと、初めてなんだけど……」

「大丈夫だよ」

微笑みを絶やさずに、湊は言った。

「俺だって、男の子を抱くのは初めてだ。でも、上手くいきそうな気がしているから」

「ど、どうして?」

「さぁ……愛しているからじゃないかな」

湊はごく当たり前の調子で答えたのだが、裕矢は一瞬呆気に取られた顔をする。その直後に軽く吹き出すと、嬉しくて仕方がないというように抱きついてきた。

「俺も、湊が大好きだよ」

小鳥が啄《ついば》むようなキスをくり返し、歌うように裕矢はささやく。

「本当はちょっと怖いけど……湊なら、俺を全部食ってもいいよ」

「いいのか？」

「うん。その代わり、欠片も残すなよ？　そうでなきゃ、味見もさせてやらない」

「裕矢……」

「大好きだよ、湊」

「ああ、俺もだ。俺も、おまえが大好きだよ」

再び裕矢に口づけながら、湊は片手で器用にボタンを外していく。

同時に首筋からむきだしの鎖骨へ唇を移していくと、敏感な反応に合わせて舌先で幾つもの円を描《えが》いていった。

「……ん……っ」

上気した肌に唇が吸いつく毎《ごと》に、裕矢の呼吸が浅く早くなっていく。

すっかりパジャマを脱がされ、露《あら》わにされた胸へキスを落とすと、ふるっと震える身体が愛らしかった。

「み……なと、俺……」

「大丈夫。裕矢が嫌なことはしない。気持ちが良いことだけを、してやるから」

「ふ……ぁあ……」

赤く色づいた胸の先端を、ゆっくりと口の中で転がしてみる。硬く浮き出るその場所は、しっとり濡らされて淫靡《いんび》に光を反射していた。

「や……そんな……の……」

普段からはおよそ聞くことのない、甘く頼りない喘《あえ》ぎが漏れる。

細い身体を組み敷きながら、湊は時間をかけて丹念に乳首を刺激していった。

「可愛いよ、裕矢」

右をねぶる一方で、左は柔らかく指先で摘《つま》む。びくびくと小刻みに震えながら、裕矢はひたすら快感に翻弄《ほんろう》されていた。

卑猥《ひわい》な音が耳を犯し、滑らかな肌が徐々に湿っていく。痕《あと》をつけられないのは残念だが、その分も湊は丁寧な愛撫で己の熱に彼を浸していった。

「あふ……ふぁ……ッ……」

シーツの上で身悶《みもだ》える様が、そのまま綺麗な皺を描く。

生まれて初めて味わう、他人からの奉仕。好きなように乱されて、今にも蕩《とろ》けそうなほど裕矢は喘ぎ続けた。

「みな……と、やじゃ……ない……？」

「え……？」

「俺、女と……違うし……変な声、出るし……」

「裕矢……」

不意に何を言い出すのかと思えば、半分理性を失った声で小さく不安をぶつけられる。それを言うならこちらも同じじゃないか、と湊は苦笑いを浮かべ、この世のどんな美女の肢体よりも、綺麗にしなる彼の肉体の方が美しい、と本気で思った。

「嫌じゃない」

耳たぶを甘噛みしながら、ねっとりと呟く。

「裕矢の声は、俺をぞくぞくさせるよ」

「な……んだよ、それ……」

「おまえの声も肌も、全部が好きだ。こうして抱いているのが、夢みたいだ」

「ば……か……」

切れ切れに声を殺しながら、裕矢は照れて憎まれ口を叩く。安心したのか、その身体から不要な力が抜けていくのを湊は感じ取った。

「食ってもいいんだよな……？」

指の腹で左の乳首を擦《こす》り合わせ、相手に淫《みだ》らな声を溢れさせる。そのまま下半身へそっと伸ばしていくと、さすがに躊躇するのか裕矢は身を捩《よじ》って逃げようとした。

「……裕矢」

「う……」

耳元で思わせぶりに名前を呼ぶと、途端に裕矢はおとなしくなる。

熱く潤んだ肌はごまかしようがなく、そんな自分が恥ずかしいのか、彼は目のやり場に困るほど艶っぽい瞳をおずおずとこちらへ向けてきた。

「俺、変わるかも……」

「え……」

「湊と一つになって、そしたらこの先に淋しいことなんて一生なくなるんじゃないかな」

「…………」

その言葉には、裕矢が今までどんなに孤独を怖れていたかがよく表れている。

いくら身体を繋げたからといって、それで淋しさが消えるわけじゃない――そう答える方が、あるいは真摯だったかもしれない。だが、湊は迷いもせずに「そうだな」と頷いた。そうして、自分の言葉が本物になるよう努めることを心に誓った。

「大丈夫だよ。ずっと側《そば》にいるから」

きつく抱き締め合いながら、重なる鼓動に耳を傾ける。

最初からこうするのが自然だったんだと、感動にも似た思いで湊は呟いた。

「あ……っ……みな……と……」

擦れる肌が、痛いほど熱い。

目の眩《くら》みそうな快感が、裕矢を愛撫する以上に湊自身を激しく襲ってくる。

淫らな手の動きに煽られて裕矢の声が徐々に高くなり、浮いた腰を引き寄せながら、湊は白い肌の隅々にまで吐息と口づけを散らしていった。

「みな……と……好……き……」

うわ言のようにくり返される、甘い響きが心地好い。

身体を繋げる瞬間まで、裕矢は他の言葉を忘れたように幾度も湊の名前を口にした。

「痛くないか……？」

仕事に支障をきたすと困るので、少しずつ馴らしながら奥へと侵入を試みる。

裕矢の零した先走りの蜜でたっぷり濡らし、入り口を指で解《ほぐ》しながら愛撫したせいか、存外すんなりと湊の雄は裕矢の中に埋め込まれていった。

「う……く……」

「辛かったら、ちゃんと……」

「ん……ん……」

懸命に首を振るのは、平気だと言いたいのだろうか。

ゆっくり腰を動かすと、涙を滲ませた目がぱちりと開かれた。そのまま裕矢は快感の波に

揺られ、嗄《か》れるほど声を溢れさせる。屹立《きつりつ》する彼の分身は、湊の手で煽られていた。

「み……なと……湊……ッ」

「裕矢……」

必死にすがりつく指が、肌に食い込んでくる。

微かな痛みは甘い刺激となり、いつしか湊は夢中で彼を責めたてていた。

「あ……っ……あぁ……っ」

限界まで高められた情熱は出口を求め、二人は絡み合ったまま共に高みへと駆け昇る。

快楽の海に溺《おぼ》れ、淫靡な声に包まれ、まるで獣のように互いを貪《むさぼ》り合った。

「あぁ……っ……ああ！」

「裕矢……――」

やがて全ての熱が解放され、相手を呼ぶ音が絡み合って消えていく。

溶け合った身体は容易には離れず、絶頂を迎えた後まで熱は肌や声に留まっていた。

「湊……」

壊れるかと思った、と溜め息混じりに呟き、それでも満足そうに裕矢が微笑む。

どうした、と声に出さずに尋ねると、火照《ほて》った頰を押し付けて、彼はひっそり呟いた。

「湊、俺のこと、残さず食ったね？」

「…………」

「でも、お互い様だよ。俺も、湊を食ったから」

力尽きた声音にも拘らず、強気でそんなセリフを口にする。

そんな恋人を、湊は何より愛しいと心から思った。


愛情たっぷりな日々だが、そうそう溺れてばかりもいられない。

オーディションに落ちたとはいえ、めげない堀江の尽力で映画の脇役に葉平が抜てきされたのだ。お陰で、現場でもまた彼らとは顔を突き合わさなければならないらしい。

『堀江さんのことでは、そちらにいろいろ迷惑をかけてすみません』

後から裕矢に聞いた話だが、オーディションの後で葉平からそんな電話がかかってきたそうだ。彼は自分の実力で役を勝ち取りたかったと裕矢へ詫び、それでもせっかくのチャンスだから負けないようにベストを尽くす、と宣言してきたらしい。

「堀江さんは、まったく悪びれてないようだったけどね。ま、案外葉平の方がしっかりしているから、そのうち目を覚ましてくれるんじゃないかな。ていうか、葉平がそう約束してくれたよ。あの人だって、かつては皆を笑顔にするアイドルを目指していたんだからって」

「へぇ、良い子じゃないか。裕矢、いいライバルがいて良かったな」

「湊は甘いな。そんなにすぐ他人の言葉を鵜呑みにするようじゃ、汚い芸能界を渡ってなんかいけないよ？　葉平だって、ただの良い子ちゃんならここ止まりだ。そのことは、あいつ自身も堀江さんもよくわかってると思う」

「き、厳しいな……」

せっかく良い話でまとめようとしたのに、十代に人生を諭されてしまった。湊が何とも言えない気分でいると、とりなすように裕矢が明るい声を出す。

「だけど、俺も本当はあんまり気にしてないよ。むしろ、堀江さんがまた何か仕掛けてきても刺激になっていいくらいだ」

まだ微熱の残る肌を持て余しながら、それでも勝ち気に彼は言い切った。

「俺も田宮さんも、やる気だからね。これまであの人にはさんざん邪魔されてきたし、この際だから撮影が終わるまでには俺が単なるアイドルじゃないってところを見せてやるよ。つまり、格の違いってヤツをさ」

「頼もしいなぁ」

「あのな、湊こそ何を呑気なこと言ってるんだよ」

いきなり怒りの矛先を向けられて、ベッドの中で湊はびっくりする。

「え、俺？　裕矢に何かしたっけ？」

「湊、ネット見てないのかよ？　〝地下鉄の車両内で裕矢を庇ったスタッフは誰ですか〟って、事務所にずいぶん問い合わせが来てるんだよ？　まんまと写メられて、ツイッターでも拡散されてるんだからな」

「俺の顔が？」

「そうだよ。湊、そこそこ男前なんだからさ。あの時はたくさんのファンに囲まれて幸せ者だって思ったけど、余計なライバルを増やした気がする」

「ライバル……」

はたして、それはファンと湊、どちらに向けられた言葉なのだろう。

考える間もなくねめつけられ、裕矢は嚙みつくように文句を言ってきた。

「くそ、悔しいな。雲の上のアイドルより、スタッフのカッコいいお兄さんの方が現実的で絶対にモテるに決まってるじゃないか。だから、俺は言ったのに。ずっと、俺だけの家庭教師をやっていればって。俺、ファンの子と湊を取り合いするなんて嫌だからな」

「あのな、そんなことあるわけないだろ」

むっとして突き出す唇に、笑って湊が新たな口づけを贈る。

裕矢はそのまま湊にしがみつき、背中にゆっくりと手を回してきた。

「俺は、そんじょそこらの女には全然負けないつもりだけど……」

「そうだな、負けてないよ」

「でも、湊だって油断していたらダメなんだからな！」

「え……」

思わず問い返した耳元に、新たなおねだりを含んだ甘い音色が吹き込まれる。

「ちゃんと、俺を捕まえておかないと。何しろ、久遠裕矢はアイドルなんだから」

「捕まえておくって、どうすればいいんだよ。雲の上なんだろ？」

「そんなの簡単じゃないか。繋がっていればいいんだよ」

「………」

「そうすれば、どこへも逃げない。心も身体も繋げておけばね？」

どこまで本気かわからない笑顔で、裕矢はそっと耳たぶを噛んできた。

わからずやの恋人たち

「あんたが百合岡《ゆりおか》さん？」

顔を見るなり俺がそう言うと、相手はあからさまにムッとしたようだ。正直な反応は却って新鮮で、こっちは何となく浮かれた気分になる。だってさ、俺の周りの人間は愛想笑いが得意な連中ばっかりで、誰も本音を顔に出したりはしないんだから。そうでなければ、マネージャーの田宮《たみや》さんみたいに冷静沈着の鉄面皮だ。

「みなと、ね。ふぅん、湊《みなと》センセイか」

わざとらしく、「先生」じゃなく舌足らずな発音で呼んでみる。案の定、また嫌そうな顔になった。素人《しろうと》さんにしてはなかなかの男前だけど、こんな真《ま》っ直《す》ぐな性格じゃ芸能界には向いてないな。まぁ、変に馴染《なじ》んでいる奴よりかはマシだけどね。

俺がジロジロ観察していたせいか、彼は視線を遮るように強引な自己紹介を始めた。何だよ、天下の久遠裕矢《くどうひろや》が見てやっているのにシカトかよ。世間じゃ、俺に見つめられたいって女の子が何百万人っているんだぞ。……まぁ、あんたは女の子じゃないけど。

「あのさ、事情を聞いてるならわかるよね？　俺、時間がないんだけど」

たちまち機嫌を損ねた俺は、つっけんどんに相手の話に割り込んだ。百合岡湊と名乗った青年は、面食らったように押し黙る。初対面からちっとも俺に関心なんかなかったが、ようやくチャンネルを合わせたって感じだった。

多分、湊センセイにとって『久遠裕矢』の第一印象は最悪だったと思う。

だけど、俺がアイドルだってことに構えないセンセイは、最悪な印象にこだわることなく普通に接してくれた。ゴミ箱に捨てられた色紙の束を見た時、「ああ、この人は見栄とか体裁より、自分の感情を大事にする人なんだな」って思ったんだ。あの日、もし俺がうたた寝をしていなかったとしても、結局は色紙を頼まずに持ち帰ったんじゃないかなって、そう素直に想像できる人だった。そう、「頼めない」んじゃなく「頼まない」んだ。

いいなって、気がついたら思っていた。

この人が、俺の味方だったらいいなぁって。

でも、もっといいのは――。


すったもんだの挙句にゲットした、藍田《あいだ》映画の主演という大役。

お蔭《かげ》さまで年末までかかった撮影も無事に終了し、俺はクランクアップしたその足で恋人の元へと走った――なんて真似が許されるわけもない。残念ながら。

というわけで、打ち上げもそこそこに春のライブの打ち合わせが事務所で始まった。

「体力づくり？　任せてよ、田宮さん。俺、こう見えても健康には自信あるし」

三月から約一ヶ月をかけて全国十二ヶ所を回るツアーは、俺にとって初めての長丁場なコンサートになる。演出や衣装も派手にいこうって話になり、そこには俺のアイディアも取り入れてくれるってことだった。

ただし、これだけ大掛かりなツアーともなれば絶対に失敗は許されない。ＣＤデビュー以来、そこそこのヒットは何枚も出しているけど、キャンペーンでこぢんまりした会場を使う程度の経験しかなかった俺には、今後の歌手活動の行方を占う意味でも大切な機会なのだ。

（てか、別に歌手になりたいってわけじゃなかったんだけど）

張り切っているスタッフの前じゃ言えないので、こっそり心の中で呟《つぶや》く。もちろん、俺はアイドルだから何でもこなすけど、どちらかと言えば芝居の方が好きだ。できれば、もっと本格的に芝居の勉強をして、舞台の仕事なんかも挑戦してみたい。ただ、比重が舞台になるとテレビでの露出が減ってしまうので、まだその時期じゃないとお許しが出なかった。

（まぁね。少しでもテレビに出なくなると、すぐ落ち目だって言われるしな）

ふっと脳裏に浮かんだのは、映画で共演した里中葉平《さとなかようへい》の顔だ。

優しげで甘い美貌が売りだけど、あいつが仕事に対して驚くほど貪欲《どんよく》なのを俺は知っている。少しでも長く画面に映るようトークのネタを仕込んだり、日頃から歌番組やバラエティの司会をやっているタレントとの付き合いも欠かさない。そのくせガツガツした雰囲気がないのは、計算というよりは持って生まれた資質だろう。

（藍田監督の映画に助演するっていうんで、世間もいっきにライバルって目で見るようになったしなぁ）

露出うんぬんもあるけれど、葉平より影が薄くなってしまうのは絶対にまずい。比較対象があると、どうしたって優劣の差が目立ってしまうのだ。もちろん、テレビに出ないから劣っている、なんて短絡的な問題じゃないが、世の中はそうは見てくれない。

「じゃあ、裕矢はしっかり体力づくりをしておくこと。それと、体調管理にはいつも以上に気を遣うこと。いいね？　勉強の方は、引き続き百合岡さんに頼んであるから」

「え？」

一人静かに闘志を燃やしていた俺は、田宮さんの言葉でいきなり我に返った。

「みな……いや、湊センセイ？　また来てくれんの？」

「何か問題でもあるのか？　松ノ宮の試験、三学期は学年末だけだが油断はできないし」

「あ、そうだよ。二月の中旬に試験があるんだった！」

「こら、しっかりしてくれよ。ツアーの直前だ。しんどい時期になるぞ」

確かに、日程だけは厳しい感じだ。でも、現金なもので俺の胸は早くも弾んでいた。以前は「退学か残留か」の切羽詰まった状態だったけど、頑張った甲斐があって成績も安定しているし、母さんからのプレッシャーが軽くなった分、勉強を楽しく思えるようになった。

それもこれも、全部『湊センセイ』のお蔭だ。

そんな相手とまた仕事場でも顔を合わせられるなら、俺、いくらだって頑張っちゃうよ。

「ずいぶん機嫌がいいな？　どうした？」

「ん？　何でもありませーん」

笑顔でごまかしながら、そういえば、と思う。

湊センセイ……いや、もう湊でいっか……は、田宮さんに俺たちの付き合いを打ち明けるつもりだって言っていた。身近な理解者は、絶対に必要だからって。でも、その後ですぐ映画の撮影が始まって、俺も仕事に集中したいからってことで待ってもらっている。

だけど……だけどだよ。映画がクランクアップし、コンサートツアーまで間がある今は、告白にうってつけの時期なんじゃないか？

（ああ、でもどうかなぁ。それで、もし家庭教師をクビになっちゃったら）

それだけは、絶対に避けたかった。だって、仕事の合間のささやかなオアシスがお預けになってしまう。田宮さんは生真面目《きまじめ》な人だから、百歩か千歩譲って交際そのものを認めてくれても、「公私混同になる」とか言い出して湊を仕事場には近づけさせない気がする。

（常識的に考えれば、交際そのものを認めてくれる可能性も限りなく低いけどさ）

俺としては、できるだけ揉め事は起こしたくなかった。特に、田宮さんとは二人三脚で頑張ってきた間柄だし、彼がいなければ俺の仕事は順調に回らない。この業界、掛け値なしに信用できる相手なんて、そうそう見つからないのが実情だ。

（だけど……ずっと隠し通しているなんて、できっこないし……）

何より、自分自身がその状況には耐えられないだろう。

伊達《だて》にアイドルはやってない。嘘《うそ》も隠し事も、自慢じゃないがお手のものだ。だけど、生まれて初めて本気で誰かを好きになった、この気持ちだけは偽りたくない。

（どうすればいいのかなぁ）

少し前まで浮き立っていた俺の心は、溜《た》め息《いき》と一緒にちょっとだけ重たくなった。


大きめのマスクをして、タクシーから急いで降りる。これから会う相手は男なんだからコソコソする必要はないんだけど、やっぱり忍ぶ恋にはこれくらいの演出があった方が盛り上がるじゃないか。

「……って、おまえ遊んでないか、この状況を？」

「遊んでないよ！　湊こそ、俺に家庭教師の件、黙ってたくせに……」

ツアーの打ち合わせの後で湊のマンションを訪ねたのは、そろそろ日付が変わろうかっていう時刻だった。翌日の仕事は十時スタートだから、僅《わず》かだけど二人でゆっくりできる。そう思ってせっかくいそいそ出かけてきたのに、開口一番がそれかよ。色気ねぇな。

「こら。アイドルが、そんな蓮《はす》っ葉《ぱ》な口を利《き》くもんじゃありません」

「え？　まさか、俺の考えてたことがわかったの？」

「顔を見ていればな。今〝色気ないなぁ〟とか思っただろう？」

「う……」

まいった。さすがは、俺のセンセイ。何でもお見通しかぁ。

俺は急に嬉しさがこみ上げてきて、マスクを外すより先に彼へ抱きついた。撮影の間はろくに顔さえ見られず、電話やメールで連絡取るのがやっとだったけど、ようやく本物の湊に触れることができたんだ。そう思うと、憎まれ口を叩《たた》く時間さえ惜しかった。

「ちょ、ちょっと、こら、待てって。ここ、まだ玄関……」

「待たない。時間ないもん。湊、俺に会いたくなかったのかよ？」

予想に反して狼狽《ろうばい》され、少々拗《す》ねた気分になる。ここは、やっぱり甘く抱き締め返して「会いたかったよ」とかささやいて欲しいじゃないか。

「湊、会いたかった」

おい、俺が言ってどうするんだよ、と自分にツッコみを入れつつ、そっと顔を近づける。よし、このまま久々のキスだ。熱烈に決めてやるぜ……と胸を高鳴らせたのも束《つか》の間、湊がいきなり「くすっ」と噴き出した。

「な、何だよっ。何で笑うんだよっ」

「だって、裕矢。おまえ、その状態でどうやってキスするつもりなんだ?」

「え?」

あ、しまった! マスク、つけたまんまじゃん!

俺はたちまちカーッとなり、火照《ほて》った顔を慌てて湊から背《そむ》けた。うわ、いくら舞い上がっていたからって、俺、超みっともない。カッコ悪《わり》ぃ。

「うう……」

立ち直れないほどダメージを食らってしまい、へにゃ、とその場にしゃがみ込んだ。ああもう、好きな人の前では一番の男前でありたいと思うのに、どうして俺は湊の前で無防備なところばかり見せちゃうんだろう。

(うたた寝とか、その最たるもんだし……いや、あれは不可抗力だけど)

自己嫌悪に陥っていたら、頭の上にそっと温かな手のひらが乗せられた。湊の手だ。

「髪、冷たくなってる」

「それは……その……」

「急いで、俺の家まで来たんだ?」

「……うん」

俺は、猛烈な決まり悪さを抱えながら頷いた。こんなの、こっちばかりが夢中で好きみたいで少し悔しい。大体、わざわざ言葉で確かめなくたって湊にはわかりきっているはずだ。

(あえて口にするところとか、たま～にS入ってるよな、この人……)

そうなんだ。付き合ってみて初めてわかったけど、湊は無自覚に意地悪っぽい。普段は温和で頼れるお兄さんって感じなのに、時々こうやって俺を困らせたり、言いたくないことを言わせようとしたりする。俺にしてみれば「察してよ」って思うんだけど、そこを無理やり聞き出すことがちょっと楽しいみたいだ。

「そんなにへこむなって。寒い中、急いで来てくれたんだろ?」

「そ……だけど……」

「時間ないって、言ってたじゃないか。ほら、落ち込んでないで顔を上げて。ごめん、笑ったのはバカにしたんじゃなくて、裕矢が可愛《かわい》いなぁって思ったからだよ」

「そんな、ドラマか漫画のセリフみたいなこと言わないでいい」

「でも、本心なんだ」

意外なほど真剣な声音《こわね》になり、俺は内心びっくりする。そっと上目遣《うわめづか》いに視線を移すと、屈《かが》んでこちらを見下ろしている湊と目が合った。

「湊……?」

「日本中の女の子が、みんな裕矢に夢中だ。街を歩けば裕矢の歌が流れて、いろんな雑誌の表紙におまえがいる。テレビをつければ裕矢が笑って、チャンネルを替えても裕矢が話していて、何千何万っていうおまえが溢《あふ》れている」

「…………」

「だけど」

湊は不意にしゃがむと、俺と目線を合わせて微笑《ほほえ》んだ。

「寒い夜に、マスクをして髪をボサボサにしながら駆け込んでくる裕矢は俺だけのもの。真冬の冷たさなんか吹き飛ばす勢いで、俺に抱きついてくる裕矢が大好きだよ」

「湊……」

「映画のクランクアップ、おめでとう。よく頑張ったな」

柔らかな響きと一緒に、湊の顔が近づいてきた。

マスクを外され、呼吸が楽になった瞬間、重ねた唇から痺《しび》れるような快感が走り抜ける。

そのまま強く押し付けられ、短く吸われると、それだけで全身が震えるのがわかった。

「……うん……」

吐息《といき》が淫《みだ》らに零《こぼ》れ落ち、搦《から》められた舌が愛撫《あいぶ》に溶ける。芯から力が抜けていき、俺は湊に支えられるようにして一生懸命口づけに応《こた》えた。

（ああ、やっぱりなかなか上手くはならないな……）

霞《かす》む頭の片隅で、ボンヤリとそんなことを考える。意外に思われるかもしれないが、俺はキスもそれ以上の行為も、全部湊が初めての相手だった。もっとも、十四歳で芸能界デビューしたんだから、人並みな経験がなくても当然だ。よく芸能人は遊んでる、なんて言われるし、実際そういう連中もいるのは本当だけど、俺を含めた同年代のほとんどは遊ぶ時間もないほど仕事漬けの日々なのが実情だ。事務所によってはガチガチに管理されて、自由に外出さえ許されない奴だっている。

（まぁ、そういう状況でも落ちちゃうのが恋ってもんだよな）

世間なんか知らなくたって、キスもセックスも未経験だって、誰かをどうしようもなく好きになるのはアイドルも一般人も同じだ。湊はどう思っているかわからないけど、俺は初めてが彼で嬉しいし、良かったと思っている。たとえ男同士で、傍《はた》から見れば異常な関係なんだと糾弾《きゅうだん》されたとしても、これぱっかりは常識に流されるわけにはいかなかった。

「湊……」

長いキスの最後に、俺は溜め息混じりに彼の名前を呟く。

呼びかけるだけで胸が温かくなるなんて、ほんっと何度経験しても不思議だ。

「湊、あのさ」

「うん？」

俺を柔らかく抱き締めて、湊は低く掠《かす》れた声で答えた。くそ、俺がそのトーンに弱いって以前うっかりバラしちゃったんで、絶対わざとやってるだろ。

「その、前から言ってる田宮さんの件なんだけど……」

せっかく盛り上がってきたところだし、このままベッドに直行できたらどんなにいいだろう。でも、湊は映画のクランクアップを待っていたはずだし、切り出される前に自分から言った方がいいんじゃないかって気がしていた。だから、俺は頭の中で必死に言葉を組み立てながら「付き合ってるって、いつ言おうか」と伝えようとする。

ピンポーン。

——だけど、そんなのは無駄な努力に終わってしまった。

「あ、ちょっと待ってくれ。誰か来たみたいだ」

「え……こんな時間に？　マジかよ、もう十一時回ってるよ？」

戸惑う湊に、俺は不信感たっぷりな眼差《まなざ》しを送ってしまう。だってさ、普通の友達がこんな夜中にふらりと立ち寄るなんて、まずありえないだろ。

（くそ、もしも女だったら、俺は断固として戦うからな。湊の奴、地下鉄での一件以来、素人のくせにやたら人気者になっちゃって、大学でもチヤホヤされてるの知ってるんだぞ）

隠れているように、と湊に指示されたが、俺は無視して憤然と立ち上がった。

このマンションには玄関扉にスコープがついていないので、来訪者が何者なのかはドアを開くまでわからない。ドアガードをしたまま鍵を開け、湊が注意深く外を覗《のぞ》く後ろ姿を、俺もまた緊張しながら見守り続けた。

そうして。

俺は——俺と湊は、最悪な形でカミングアウトする結果となったのだった。

「要するに、映画のオーディション前から君たちは付き合っていた……と」

リビングの床に並んで正座した俺と湊は、ほぼ同時にこっくりと頷《うなず》く。

その直後、頭上から重々しい溜め息が落ちてきて、俺の心臓はざわざわと嫌な感じに波立った。ちら、と覗いた湊の横顔も、同様にひどく険しいものになっている。

（あ～あ。何か、とんでもない展開になっちゃったなぁ）

湊のマンションを訪ねて来たのは、俺が危惧した女子大生なんかじゃなかった。

それよりもっと始末が悪くて、おっかない相手だ。

「ご報告が遅くなってしまい、本当にすみません」

厳しい顔つきで正面の田宮さんに頭を下げると、湊はその姿勢のまま先を続けた。

「田宮さんの信用を裏切る形になったのは、心から申し訳なく思っています。言い訳になりますが、いずれはきちんとお話をするつもりでした。なので、どうか裕矢……裕矢くんのことは叱らないでください。今度のことは、年上の俺に全て責任があります」

「そんなことないよ！　湊だけが悪いわけ、ないだろ！」

「裕矢……」

思わず口を挟んだ俺を、湊は（黙っていろ）と素早く目で咎《とが》める。わかってる、俺がここで出しゃばれば事態は一層悪くなるって。だけど、湊の理屈を認めるわけにはいかないんだよ。そんなのは、俺のプライドが許さない。

「ダメだよ、湊。庇《かば》ってくれるのは嬉しいけど、こんな時に俺をガキ扱いしないでよ」

「え……」

「俺、ちゃんとわかってるから。今の俺の立場、年齢、それに……俺たちが男同士だってこと。そういうの全部わかって、それでも湊を選んだんだよ。その選択を、俺があんたに流されたみたいに説明しないで。確かに俺はまだガキだけど、自分の行動に責任が取れない男にはなりたくない」

「………」

俺がひと息にまくしたてたせいか、湊は息を呑《の》んだように黙っていた。まるで知らない人間でも見るみたいな目で、一言も発さずにただ俺を見つめている。

「――裕矢」

代わりに、声を出したのは田宮さんの方だった。俺は急いで彼へ向き直り、揃《そろ》えた膝《ひざ》の上でぐっと拳《こぶし》に力を入れる。どんな理由があろうと隠していたのは事実だし、田宮さんが俺に失望しても仕方がないと思っていた。

（だけど、それでも側にいてほしいと願うのは、やっぱり俺のエゴなのかな）

タレントの恋愛事情を把握し、面倒をみるのもマネージャーの仕事だ。だから、この件で田宮さんが俺を見捨てるって展開は決してないだろう。でも、それと個人的感情は別だ。

（せっかく、田宮さんの本音が聞けて〝これから〟って時なのに……）

まだまだ、裕矢に挑戦してもらいたい仕事がたくさんある。

オーディションの日時がいきなり変更になり、パニクっていた俺に田宮さんはそう言ってくれた。それまではほとんど感情を表に出さず、まさに『仕事』って感じで事務的に振る舞っていた人の思わぬ情熱に、俺がどんなに感動したかは言うまでもない。

あれから、田宮さんは劇的に変わった。もちろん、それは俺との関係に於《お》いてもだ。単なるタレントとマネージャーから、同じ目的に向かって頑張る同士みたいな気持ちになった。

ところが。

「裕矢、今の君の言葉には説得力がない」

「え……」

冷ややかな一撃を食らって、俺は顔色を失う。

そりゃあ「感激した！」なんて言われても困るけど、かなり手厳しい一言だ。

「田宮さん、あの……」

「無論、君は同年代の子よりも早く大人の世界に足を突っ込んでいる。『商品』として見られることや、常に自分の価値が問われる立場なのも、重々わかっていることだろう」

「…………」

「だが、自分の行動の全てに責任が取れるとは思えない。君が同性の恋人を持つというのは、一個人が責任を負えばカバーできるような、そんな小さな問題じゃないんだ」

隣で、湊がハッと身じろいだ。

深刻な動揺が俺にまで伝わってきて、湧き起こる不安に胸が押し潰されそうになる。もし、ここで田宮さんが「別れろ」と迫ったら、湊はどうするんだろう。今まで考えもしなかった可能性に、怯《おび》えている自分がいた。

(いや、まさか。俺、何を考えてるんだよ。湊が、そんな簡単に諦《あきら》めるわけないだろ)

慌てて打ち消そうとしたが、重苦しい空気がそれを許さない。

何があっても一緒だと誓いはしたけれど、それが永遠を約束するものじゃないってことくらい、恋愛経験のなかった俺にだってわかっている。でも、それでも信じたいって気持ちがある限り、自分たちは大丈夫なんだって。だけど……——。

『日本中の女の子が、みんな裕矢に夢中だ。街を歩けば裕矢の歌が流れて、いろんな雑誌の表紙におまえがいる。テレビをつければ裕矢が笑って、チャンネルを替えても裕矢が話していて、何千何万っていうおまえが溢れている』

ついさっき、湊が言っていた言葉が脳裏に蘇《よみがえ》った。そうだ、俺はアイドルだ。たくさんのファンから愛を貰《もら》って、初めて息づくことのできる存在だ。普通に恋をすることだって難しいのに、まして恋人が男です、なんて絶対に認めてもらえるわけがない。

（俺は……）

あ、くそ。手が震えてる。

困難に直面して初めて事の重大さに気づくなんて、ほんっと情けない。まるで覚悟の足らなさを象徴するように、握り締めた拳が小刻みに震えていた。

（どうしよう。やっぱり無理なのかな。俺には、まだ仕事も恋愛も選ぶ資格なんかないのかな。いろんな人にサポートしてもらって、それでやっと〝アイドルでござい〟って顔してる奴なんかに、責任が取れるような問題じゃないのかな……）

俺は、歌より芝居が好きだ。

本当はコンサートより、芝居の舞台に立つ方がわくわくする。

だけど、今の俺には選択の余地なんかありはしなかった。少しでもメディアから離れれば忘れられてしまう、その程度の実力しか備わっていないからだ。同様に、自分だけのコンサートで何万という動員数を集めるのと、限られた空間で多くの役者の一人として舞台に出るのでは、話題性や注目度も比較にならなかった。

たとえ長く人の目に触れなくても、記憶に刻まれて容易には消せない――そんな強烈な存在感を、俺はまだ身につけていない。だから、田宮さんも冒険させられないんだろう。

（畜生……）

俺は、白くなるほど強く拳を握りしめた。心の中は悔しさでいっぱいだった。

（畜生畜生畜生……！）

――その時。

沈黙していた湊が、唐突に口を開いた。凛《りん》と背筋を伸ばし、その眼差しは先刻とは別人のように真っ直ぐ田宮さんへ向けられている。

「あの、田宮さん」

「何でしょう」

田宮さんが、少し声を固くした。湊の様子がまるきり変わっていることに、彼もすぐ気づいたのだ。俺は、湊が一体何を話すつもりだろうと、固唾《かたず》を飲んで見守るしかなかった。

「先ほど田宮さんが話されたこと、もっともだと思います。万一俺たちの付き合いが露見した時、それは俺や裕矢くんが責任を負えば収まることではないと」

「その通りです。ＣＭのスポンサー、テレビ関係者、何より裕矢を支えるファンの少女たちに与える負の影響はかなりのものです。当然、裕矢は芸能界で居場所を失うでしょうし、うちの事務所も大きな痛手を被るでしょう」

「…………」

「普通の相手であっても、今は好ましい時期ではありません。まして同性ともなれば……」

その先を、田宮さんは言葉にしなかった。けれど、苦々しい表情が全てを物語っている。無論、バレないように努めるのが大前提だとしても、避けられる事態なら芽を摘《つ》み取っておきたいというのが、本当のところなんだろう。それは、優秀なマネージャーとしては当たり前すぎる判断だった。

「わかりました」

静かに、湊が答えた。

俺は一瞬耳を疑い、「え……」と声を出したきり絶句する。

まさか、本当に？

湊、俺のこと本当に諦めちゃうのかよ？

「あ……の……」

頭がぐるぐる回って、舌が上手く動かなかった。視界がふらつき、鼓動だけがやたら大きく胸を叩き続ける。どくんどくん。血管を激しい勢いで流れていくのは、「どうして？」という思いだけだ。理屈はわかっている。責任が取れない子どもなのも。だけど、心が納得しようとしない。「どうして？」って叫びながら、俺の全身を駆け巡っている。

やだ。絶対に嫌だ。俺、湊と別れたくない。

だって、湊は俺にくれたんだ。どんなに多くのファンに騒がれても、どうしても見つけられなかった自信ってやつを。俺が久遠裕矢だって胸を張れる瞬間を、愛されているんだっていう実感を。大事なものを全部、湊がくれたんだ。

「み……なと……」

俺は、すがるように湊のシャツを摑《つか》んだ。驚いた瞳《ひとみ》が、こちらを振り返る。ほんの少し前、その目には幸せそうな俺が映っていて、甘く柔らかなキスをしていたんだ。あれ、なかったことになっちゃうのかな。ここからは他人ですって、見えない線が引かれちゃうのかな。

「裕矢……裕矢？」

「……やだ」

「え……？」

「湊、わかっちゃ嫌だ……」

そこまで言うのが、精一杯だった。

俺は湊のシャツを摑んだまま、崩れるようにして気を失ってしまった。


カチャ、とドアノブの回る音で、うっすらと瞼《まぶた》を開く。寝心地の良いベッドの中、俺は半分寝ぼけた頭で（ここは、どこだろう）と考えた。

ええと、確か湊のマンションに行って、玄関に座り込んでキスをしたんだ。あのキス、凄《すご》く気持ちよかったな。ギュッと抱き締められて、裕矢が大好きだって言われた。仕事の疲れなんか吹っ飛んだっけ。幸せだなぁって思って……それで……それから。

「田宮さんっ！」

「あ、起きたか？」

がばっと上半身を起こした俺に、場違いなほどのんびりした声がかけられる。薄く照明を落とした部屋に入ってきたのは、水の入ったコップを右手に持った湊だった。

「おまえな、起き抜けに他の男の名前とか呼ぶなよ」

くすくす笑いながら、ほら、とコップを差し出してくる。何がなんだかわからなかったけれど、とりあえず俺はそれを受け取ると、いっきに中味を飲み干した。

「もう大丈夫か？」

ゆっくりベッドの端に腰を下ろし、湊がコツンと額を合わせてくる。別に熱があるわけじゃないけど、そうされるとひどく安心した。俺は空のコップをサイドテーブルに置くと、気恥ずかしさを堪《こら》えて小さく頷く。そうだ、あんな大事な局面で、俺は情けなくも貧血を起こしてしまったんだ。

「ずっと撮影でハードな日が続いた挙句、すぐ別の打ち合わせだったんだって？　疲労と睡眠不足に加えて、いっきに緊張が高まってダウンしたんだろうって田宮さんが言ってた」

「じゃあ、田宮さんは……」

「帰ったよ。俺が裕矢をベッドに運ぶのを見届けたら、後は頼みますってさ」

「後は頼みます……？」

どういう意味だろう、と俺は軽く混乱した。田宮さんは付き合いを反対しているんだし、車を呼んで無理やり俺を連れて帰りそうなものだ。それなのに湊に託すなんて、少しも彼の意図がわからない。

（そっか。ここ、湊の部屋だ。部屋が薄暗いから、一瞬わかんなかった……）

それなら、俺が目を覚ましたドアノブの音は玄関か。多分、湊が田宮さんを見送っていたんだろう。じゃあ、俺はそんなに長い時間、眠っていたわけじゃなかったんだな。

何となくホッとして枕元の目覚まし時計に視線を移し、俺は「えっ」と声をあげていた。

「ご、午前二時？　え、これ、壊れてる？」

「いや、正確だよ。裕矢、けっこう寝てたから。ていうか、そのまま朝まで眠っていても良かったんだよ。時間になったら、田宮さん迎えに来るって言ってたし」

「あの……」

「ん？」

「ごめん。全然、話が見えない。何で田宮さんが……」

多分、俺はよっぽど間の抜けた顔をしていたんだろう。いや、普通誰でもそうなるって。目が覚めたら状況がまるきり変わっていて、あろうことかラスボスとでも呼ぶべき相手がずいぶんと友好的になっていたんだから。

「だって、今にも別れろって空気だったよな？　責任の話とか、スポンサーがどうとか」

「ああ、まぁなぁ」

「湊だって、〝わかりました〟って言ってたじゃないか。あれで、俺、わけわかんなくなっちゃって。湊、わかっちゃったのかって、すごい悲しくて……なのに……」

「……裕矢」

話している間に、あの時の衝撃が蘇ってきた。やっぱりこれは夢で、現実では眠る俺をよそに着々と別れ話がまとまっているんじゃないか。そんな気持ちに襲われて、不覚にも涙が滲《にじ》んでくる。くそ、泣くのは芝居の中だけって決めてるのにみっともないな。

「裕矢、泣くなって」

湊が優しく宥《なだ》めるようにささやき、舌先でぺろりと雫《しずく》を舐《な》め取った。くすぐったさに思わず目を閉じると、唇が短く押し付けられる。重ねた場所から穏やかな熱が生まれ、俺は深く安堵《あんど》の息を漏《も》らした。

「あのな、俺の〝わかりました〟は、別れることを認めたって意味じゃないぞ？」

「へ……」

「そうじゃなくて……田宮さんが、真剣に裕矢の将来を考えてくれているって気持ちに対する返事だよ。それと、もう一つ気づいたことがあって……」

「…………」

「多分、あの人は前からわかっていたんじゃないかな。俺と裕矢が付き合ってること。そうでなきゃ、いきなり俺のマンションに来るわけないし」

え、と言ったつもりだったけど、実際はちっとも声なんか出ていなかった。湊の言葉があんまり意外すぎて、頭が真っ白になっていたせいだ。

田宮さんが、前からわかっていた？　それ、マジで言ってんの。

だって、あの人の態度は少しも変わらなかった。俺の交友関係にも煩《うるさ》くなかったし、何よりツアー前の家庭教師をもう一度湊にお願いしようって言っていたじゃないか。

「そりゃあ一時は〝もしかして〟って思ったこともあったけど、今夜の態度をみたらやっぱり知らなかったんだなって、俺……」

「でも、裕矢の後をつけてここまで来たんなら、すぐに乗り込んできてもおかしくないだろ？だけど、実際はタイムラグがあった。行き先の見当はついていて、後からこっちに向かったと思う方が自然だよ」

「そ、それは、そうかもだけど……」

「大体、彼は裕矢のことを下手をしたら本人以上によく把握しているんだ。そんな人が、微妙な変化に無頓着でいるはずがない。むしろ、その方が問題じゃないか」

「でも……じゃあ、何で……」

俺たちを正座させ、厳しい態度で臨《のぞ》んできた田宮さんからは、付き合いを知っていてあえて黙認してきた様子は微塵《みじん》も窺《うかが》えなかった。だけど、もし湊の推測が正しかったら、まるで陰ながら応援してくれていたみたいだ。

「意味不明……もう、何が何だか……」

ああもう、さっぱりわからない。

俺は、希望を持っていいんだろうか。それともダメなのか？

「――諦めないよ」

混乱しまくる俺へ、湊が力強く断言した。

「たとえ田宮さんが味方でも敵でも、俺は裕矢を諦めたりなんかしない。あの時、おまえが貧血を起こす直前、俺はそう言おうとしていたんだ」

「そ……うなの……？」

「最初から、反対されることは覚悟の上だ。それでも踏み出したんだ。俺たち二人の問題じゃないんだと詰め寄られても、はいそうですか、で投げ出したりなんかしない。そんな言葉でびびるくらいじゃ、裕矢の恋人は務まらないだろう？」

「…………」

「これまで以上に、付き合いには慎重にならざるを得ないかもしれない。お日様の下で手を繋《つな》いだり、浮かれてキスなんか絶対に無理だ。それでも、俺は裕矢が好きだ。この想いが胸にある以上、おまえを諦めることは……残念ながら不可能なんだよ」

湊の指先が、愛《いと》おしそうに頬《ほお》を撫《な》でる。

俺の鼓動は、さっきから甘い音を鳴らしっ放しだ。

「湊、俺……」

「おまえが手に入るなら、俺は永遠のわからずやでいいよ。〝わかっちゃ嫌だ〟って裕矢がすがってきた時、俺はそう決めた。だから、何も心配しなくていい」

「……うん」

俺は、自分から思い切り湊に抱きついた。二人きりでなければ絶対に許されない、だからこそ愛しくて大切な抱擁だった。湊の両腕が背中に回り、俺たちはしっかり抱き合った。

「俺、もう一度ちゃんと田宮さんに話してみる」

今度は、勢いだけじゃない。説得力がないなんて、二度と言わせたりなんかしない。

「もし、湊が言うように田宮さんが気づいていたんだとしたら、きっと俺の覚悟を見極めようとしていたんだと思う。俺が浮《うわ》ついた態度だったり、少しでも仕事に身が入らないような素振《そぶ》りを見せたら、きっとそこで止めるつもりだったんだ」

「そうだな。俺もそう思う」

「でも、今夜やってきたってことは……そんな風に見えたってことかな」

ちょっとだけ不安になった俺に、湊は優しく首を振った。

「いや、きっと彼も俺たちと同じだったんだよ」

「同じ？」

「そう。話をするなら、ちょうど仕事が一区切りついた今がチャンスだろ。田宮さんが問答無用で別れさせようとするんじゃなく、わざわざマンションへ出向いたってことは、話し合う余地があるとみて間違いないと思う。そうでなきゃ、俺たち二人が揃っている時間を見計らって訪ねては来ないさ。俺一人を呼び出して、裕矢と別れるように説得するはずだ」

「でも……じゃあ……」

俺が一人でパニくって倒れたせいで、千載一遇の好機を逃したってこと？

そんな、とへにゃへにゃ脱力しかけた俺を、湊が笑いながら改めて抱き寄せる。着痩《きや》せしているけど案外逞《たくま》しい胸に身体《からだ》を預け、俺は長々と溜め息をついてしまった。

「大丈夫。時間は、まだいくらでもあるさ。それに、これからまた裕矢の家庭教師として顔を合わせる機会も増えるしな。焦らないで、ゆっくり進んでいこう。俺は、どれだけ時間がかかっても頑張れるから。裕矢も、心配なんかしなくていい」

「湊……」

うん、そうだな。まだ、ラスボス戦は始まったばかりだもんな。

俺は元気よく笑顔を作ると、湊に自分から唇を近づける。

甘いキスを交わす瞬間、夜空の下でくしゃみをしている田宮さんの姿が目に浮かんだ。

天使のあまい口説き方

仮に百歩譲ったとして。

そこで一度言葉を区切り、目の前の男が深々と溜《た》め息《いき》を漏《も》らす。

眉間《みけん》に刻まれた皺《しわ》、取りつく島のない厳しい空気。それらの原因が自分にあることを嫌と言うほど思い知らされ、百合岡湊《ゆりおかみなと》はますます緊張に包まれた。

「言うまでもありませんが、あの子は未成年です。まだ十七歳です。どうして……せめて、高校を卒業するまでとか成人するまで待てなかったんですか」

「……はぁ」

「しかも、百合岡さん。あなただって、まだ学生の身じゃありませんか。こんなこと言いたくはありませんが、あの子の年収は現在のあなたを遥かにしのぎます。もしあなたが一流と呼ばれる企業に就職したとしても、二人の経済格差はおいそれと埋まらないでしょう。そういう状況で、私に何を許せと言うんです」

「はい……いや、あの、でも……」

いちいち正論で詰め寄られ、なかなか反論の隙《すき》がみつからない。しかし、それも相手が裕《ひろ》矢《や》を大事に思っているが故《ゆえ》だと思うと、湊の口も自然と重たくなってしまうのだった。

（まぁ、それも当たり前だよな。彼らは、運命共同体みたいなもんなんだから）

アイドルとマネージャーの関係は、ある意味、家族や恋人よりも濃い部分がある。常に行動を共にし、他の誰よりもお互いの距離が近く、そのくせ一番隠し事も多い。そういう、複雑怪奇な間柄なのだ。

だが、自分と目の前の彼——田宮衛《たみやまもる》にとって裕矢が特別な存在なのは同じだ。無論、そこに込められる想いはまるきり別物だが、それでも湊は田宮にある種の親近感を抱いている。だからこそ、一番に彼の理解を得たいと思っていたのだが、やはり道のりは遠そうだ。

「あの、田宮さん。まずは、先日のことをお詫《わ》びさせてください」

平日午後とはいえ、カフェの店内はそこそこ混んでいる。しかし、湊は人の目を気にせず深く頭を下げた。多忙なアイドルのマネージャーとして駆け回る田宮に、ようやく時間を割いてもらえたのだ。こちらとしては、できるだけ礼を尽くしたいと思っていた。

「俺、ずっと映画の撮影で裕矢と会えなかったもんで、彼が家へ来るって連絡してきた時、ダメだって言えなかったんです。でも、本当は〝早く帰って休め〟と言うべきでした」

「百合岡さん、しっ」

「は？」

「どこで誰が聞いているか、わからないじゃないですか。あの子の名前、出さないように」

「あ、ああ、そうか。すみませんっ」

それで、さっきから不自然に「あの子」呼ばわりしていたのか。得心のいった湊は、さすがだな……と尊敬の念を新たにした。本来なら、第三者の目がある場所で話をするのも避けるべきなのだが、裕矢が近くのスタジオでグラビアの撮影をしている最中に抜けてきてもらったので選択の余地がなかったのだ。

「それで、その……話を戻していいですか」

「どうぞ」

憮然《ぶぜん》とした面持《おもも》ちで促され、気後れはするものの湊は姿勢を正して先を続けた。

「田宮さんが仰《おっしゃ》るように、俺とあの子では住む世界が違います。収入のことも、生活環境も何もかも相容《あいい》れない。そのことは、付き合う覚悟を決める時に俺だって考えました」

「………………」

「だけど、今のあの子には俺が必要なんだと思いました。母親のことや学校、いろいろな悩みを一人で抱え込んで潰《つぶ》れそうに見えたんです。甘えられて、すがられて、俺はあの子のために何ができるだろうって。確かに一介の大学生には、何の力もありません。でも、あの子が望んでいるのは何かをしてもらうことじゃない、ただ黙って側にいてくれる相手なんだって思ったから……踏み出すことを決めました」

話している間に、鼓動が速度を増してくる。自分の言葉に改めて頷《うなず》き、そうなんだ、と確信を持った。海で過ごした夜、自分と裕矢は自由だった。アイドルとか学生とか、そんな肩書きのない世界で、素直に惹《ひ》かれる心に従った。

だから、自制しようとは思わなかった。

あの瞬間、もし自分が少しでも迷いをみせたら、裕矢はきっと心を閉じていただろう。彼を手に入れる唯一のチャンスを、湊はどうしても逃すことができなかった。

「百合岡さんの気持ちは、よくわかりました」

熱のこもった話を聞いて、田宮が長い溜め息をつく。

「そうですね。あなたが本気であの子を想っているのは、私にも伝わってきます。それは、否定しません。ただ、私は親御さんからあの子を預かる身です。リスクの大きな付き合いを、手放しで認めるわけにはいかないんです」

「田宮さん……」

「誤解しないでください。私個人としては、あなたを信用しています。その、性別などの問題は無視できませんが、少なくともあの子を堕落させる相手ではない。あの年頃は、付き合う相手に大きな影響を受けますからね。でも、マネージャーとして容認はできないんです。もし、それを私に求めるというのであれば……」

いっきにまくしたてる彼の表情は、すでに険しくはなかった。だが、眉根《まゆね》を寄せた顔は深い困惑を表しており、単純な敵意でない分湊の胸も痛む。二人の付き合いを反対するということは裕矢の反感を買うのを意味し、今後の仕事上でも苦難が付き纏《まと》うからだ。

「言ってください、田宮さん」

たまらず、湊は自分から先を促した。

「俺、マネージャーとしての田宮さんにも認めていただきたいです。そのために何か条件があると言うなら、教えてください。努力します」

「……そうですか……」

苦々しげな響きと一緒に、田宮はもう一度ふぅ、と息を吐く。

それから意を決したように唇を引き結び、強い眼差《まなざ》しを湊へ向けた。

「では、あなたの覚悟を試させてください」

「え……？」

「とりあえず、ツアーが始まるまでの家庭教師期間、あの子と個人的な接触はもたないようにお願いします。言っている意味、おわかりですか？」

「こ、個人的接触って、つまり……」

「恋人同士がするような行為は、全面的に禁止です」

「………」

要するに、キスやそれ以上のことはするべからず、ということだ。会えない時ならいざ知らず、勉強ともなれば二人きりになる機会も多い。当然、何となく雰囲気が盛り上がる時もあるだろうが、やましいことはするな、と言われているのだろう。

「わかりました。気をつけます」

その点に関しては、湊の方でも異論はなかった。どのみちバイトで引き受けていることだし、色恋にうつつを抜かしていい時間ではない。問題は、その理屈が裕矢に通用するかどうかだが、そこは説得するしかないだろう。

「それから、もう一つ。松ノ宮《まつのみや》で学年末試験を終えた直後から、コンサートツアーが始まります。その合間には通常の仕事の他、五月に公開予定の藍田《あいだ》映画のキャンペーンもある。あの子は、非常にタイトなスケジュールをこなさねばなりません」

「はい」

「その間、一切あの子と連絡を取らないでください。メールくらいは黙認しますが、あなたからは電話をかけない、あの子からきても出ないように」

「え……」

さすがに、そこまでするのか、と湊は狼狽《ろうばい》を隠しきれなかった。スケジュールが厳しいなら、そういう時こそ裕矢には安らげる場所が必要だ。せめて、電話で話を聞いたりくらいはしてあげたい。文字と声では、相手に与える安心感がまったく違う。

「どうしてですか……」

黙って従うつもりだったが、思わず口が動いていた。

「すみません、ちょっと意味がわからないです。そんなことしたら、裕……あの子が不安になるだけじゃないですか。俺に負担がかかる分にはいいけど、どうして……」

「ええ、わかっています。でも、これは百合岡さんの覚悟を試すためですから」

「え？」

「当然ながら、あの子は混乱するでしょう。あなたに会いたいとワガママを言ったり、僅《わず》かな時間を縫《ぬ》って訪ねて行こうとするかもしれない。この数年間、芸能界の一線を張ってきただけあって、気の強さは相当なものです。あなたが曖昧《あいまい》な態度を取れば、勢いで押し切ろうとするに決まっています」

「それは……俺もそう思いますが……」

湊の脳裏に、これまで裕矢が見せた数々の勇姿が思い起こされる。勝ち気な猫のように、我《が》を出したら引っ込めないのは毎度のことだった。しかも、甘えたり拗《す》ねたり淋《さび》しそうにしたりと、あらゆる表情を駆使する賢さも持っている。国民的アイドルにそんな態度を取られて抵抗しきれないのは、決して自分が意志の弱い人間だからではないと思う。

「あなたは、そういうあの子を説得してください」

「説得？」

思いも寄らぬ言葉に、面食らったまま問い返した。田宮は生真面目《きまじめ》な顔で頷き、すっかり冷めてしまったコーヒーにゆっくりと口をつける。

「それを、私が二人の付き合いを認められるかどうかの判断基準とします。暴走しかけたあの子をきちんと諭《さと》し、我慢するように言い聞かせる。もちろん、喧嘩《けんか》して荒れさせるなどはもっての外です。あの子が仕事に全力で集中し、尚且《なおか》つ恋人と会えない淋しさを前向きに耐えることができるかどうか――それは、あなたの対応次第でしょう」

「………」

「見事にそれが叶うなら、あなたとの付き合いを黙認します。積極的に賛成はしませんが、デメリットは少ないと判断しましょう。リスクは、アイドルが恋愛する限り誰が相手でも避けられません。でも、マイナスにならないのであれば無理に引き離す必要もない」

どうです、とこちらを窺《うかが》う瞳《ひとみ》には、微《かす》かに挑発的な光が見えた。湊はしばし考え、やがて悪くはない提案だと結論を出す。裕矢と付き合っていくなら、この先どうしたって避けられない問題だからだ。

「今の話、あの子にはしてもいいんですか?」

「いいえ、黙っていてください。期間限定だと思えば、できない我慢をするでしょうから。私が見極めたいのは一時的な頑張りではなく、二人の基本姿勢なんです」

「俺たちの基本姿勢……」

「それでは、よろしくお願いします。私は、そろそろスタジオへ戻ります」

湊がその気になったのを見て取ったのか、田宮が伝票を持って立ち上がった。それを引き止めるのも忘れ、ひたすら言われた言葉を胸に反芻《はんすう》する。

(〝見極めたいのは、俺たちの基本姿勢〟……か)

しかも、覚悟を試されていることを裕矢には黙っていろと言う。これは、お互いにとってなかなかの苦行だった。湊の態度が冷たくなったと、文句を言われるのは必至ではないか。それを喧嘩に発展しないように宥《なだ》め、意識を仕事に向けさせる。そんな器用な真似が、はたして自分にできるのだろうか。

（いや、やらなきゃダメなんだよ。田宮さんが言い出すまでもなく、いずれは俺たちに降りかかってくる問題なんだから。上手く乗り越えられれば、絶対プラスになるはずだ）

恋より仕事優先と理屈でわかっていても、裕矢はまだ十七歳だ。ここは、彼より年上の自分が頑張るしかない。よし、と湊は自身へ気合いを入れた。

簡単なことではないが、やってみる価値はあるだろう。普通の大学生の自分がアイドルと付き合うのだから、苦労はもとより覚悟の上だ。

問題は……と、携帯の待ち受けにしている裕矢の笑顔を見ながら考えた。男のアイドルを待ち受けにしているのかと、何も知らない友人たちにさんざん引かれたことを思い出す。

（そう、問題はツアーに入ってからだ。カテキョの間は少なくとも顔は合わせていられるんだし、裕矢もそんなに文句は言わないだろうけど……）

だが、文句を言われる内が花かもしれない。裕矢のきっぱりした性格を思えば、湊に興味を失くしたら最後、欠片《かけら》も相手にしなくなるに違いないのだ。

とにかく頑張ってみよう、と決意を新たにした時、メールが送られてきた。裕矢だ。計ったようなタイミングに軽く動揺しつつ開いてみると、笑顔全開の写真が添付されていた。雑誌やテレビで見る顔より少し無防備で、年相応の明るさに満ちている。可愛《かわい》いな、と素直に見惚《みと》れてから文面に目を落とし、湊はくすりと笑ってしまった。

『湊に見せようと思って、さっきカメラマンさんに撮《と》ってもらったプライベートフォト』

簡潔で愛想はないが、田宮の目を盗んで急いで送ってくれたに違いない。

画面をしばらく見つめ、この笑顔だけは自分が守らなきゃ、と湊は強く心に誓った。

案の定、家庭教師期間は誘惑との戦いだった。

久しぶりに長時間一緒にいられるとあって、何も知らない裕矢のテンションは上がりっ放しだ。少しでも雑談の時間を稼ぐためか問題集は片っ端からすぐに解いてしまうし、もともと呑《の》み込みが早いので驚異の集中力でどんどん理解していってしまう。これには、たまに様子を見にくる田宮も驚きを隠せないようだった。

「はい、今日の数学のノルマはおしま〜い！」

バンザイのポーズと共に椅子《いす》の背に凭《もた》れ掛かり、裕矢は大きく伸びをする。今日は以前のように事務所に設けられた学習スペースを利用しており、湊にとっても馴染《なじ》みの深い空間だった。

「なぁなぁ、湊。昨日の『Mチャンネル』観てくれた？　俺、一ヶ所歌詞を間違えちゃって田宮さんから怒られちゃったよ。けど、案外ごまかせてたと思わない？」

　人前では「センセイ」を付けるが、今は田宮も打ち合わせで出ているし、事務所の人間はいつものように勉強の邪魔にならないよう別室で仕事をしている。そんなわけで、裕矢は恋人モード全開の無防備な顔で早速話しかけてきた。

「でも、ツアーを控えてボイトレ始めたせいか、このところ高い音が出るようになってきたんだよな。生歌聴きにくるファンの子にも満足してほしいし、あとダンスが……」

「裕矢くん、無駄口叩《たた》かない。今、採点してるんだから」

「………」

　できるだけ素っ気なくならないよう、気をつけながら返事したつもりだが、湊の態度が気に障《さわ》ったらしく裕矢はたちまち不機嫌になる。ふん、とわざとらしく鼻を鳴らし、彼はおもむろに立ち上がると腰を屈《かが》めてこちらを見下ろしてきた。

「こら、手元が暗いだろ。何を……」

「あのさ、湊、何かおかしくない？」

「おかしいって、どこが？」

「俺と、なるべく目を合わさないようにしてるじゃん。話しかけても生返事だし、雑談には全然のってこないしさ。別に勉強サボってるわけじゃないんだから、そんなにピリピリすることないだろ。それとも、田宮さんから何か言われてんの？」

ドキ、と心臓が不穏な音をたてたが、慌てて表情を取り繕《つくろ》う。まだ家庭教師を再開して一週間もたっていないのに、早くも最初の壁にぶち当たった気分だった。そもそも、好きな子の前で本心を隠す芝居なんて一般人の自分には難易度が高すぎる。

（いやいやいや、こんな初期で音《ね》を上げてちゃダメだろ！）

びっくりするほど大きな瞳で迫られて、湊は緩みかけた表情を引き締めるのに必死だ。それでなくても裕矢は勘が鋭いし、拙《つたな》い嘘《うそ》などすぐ見破ってしまう気がする。

――けれど。

「ちぇっ」

驚いたことに、小さく舌打ちをした後、彼は素直に椅子へ座り直した。ホッと安堵《あんど》すると同時に、微かな物足りなさが湊を襲う。裕矢といる時はいつもジェットコースターに乗っているようで、高揚と緊張の連続に身を任せるのが常だったせいか、こうもあっさり引き下がられるとは思わなかった。

「メールだと、いつもと変わらないのに……」

机に突っ伏した裕矢から、拗ねた声音が聞こえてくる。その様があまりに可愛くて、思わず頭を撫《な》でてやりたい衝動にかられた。しかし、心を鬼にしてグッと堪《こら》え、湊は懸命に採点へ意識を集中させる。

（くそ、こういう時に限って、普段よか可愛い態度取るんだもんなぁ）

小悪魔め、と八つ当たりに近い文句を胸で呟《つぶや》き、ちら、と横目で様子を窺う。裕矢は突っ伏した姿勢のまま、腕を枕に目を閉じていた。

（寝てる……？）

以前、うたた寝している彼を発見した時も、ちょうど同じポーズを取っていたっけ。

少し懐かしい気持ちになりながら、湊は息を殺して恋人の寝顔を見つめていた。試験勉強の時間を取るため、今はさほどスケジュールはきつくないはずだが、睡眠不足というよりは心を許してくれている証拠だろう。

（相変わらず、すげぇ長い睫毛《まつげ》……）

大学の女友達などはエクステだ、つけまだ、と騒いでいるが、裕矢のは間違いなく天然の賜物《たまもの》だ。それでも凜々《りり》しさの方が勝って見えるのは、やんちゃな黒目と小気味よい表情が彼の少年らしさをより引き立てているせいだろう。

けれど、と湊は心の中でこっそり思う。

あんまり言うと怒るだろうけど、自分にとって裕矢はやっぱり可愛さが勝る。それは容姿のみを指しているのではなく、彼の一挙手一投足に自然と顔が綻《ほころ》んでしまうからだ。誰よりも大切で守りたいと思うし、その背中を支えられる男になりたい、と強く願う。

「……頑張らなきゃな」

無意識に、そんな呟きが零《こぼ》れ落ちた。

愛情を疑われないように距離を保つのは、想像以上に難しい作業だ。恐らく、裕矢の目にはひどく不自然な態度に映っているだろう。それでも、自分は田宮の挑戦を受けてしまったのだ。彼に認めてもらえれば、裕矢の恋人として胸を張ることができる。

採点は、見事に全問正解だった。裕矢も頑張っているのだ。

（あと五分たったら、声をかけてみるか）

そう決めた湊は携帯のイヤホンをつけ、きっかり五分で終わる裕矢の新曲を聴き始めた。


収録のスタジオに向かう途中、裕矢は（あ）と足を止めた。

前方から、よく見知った顔が歩いてくる。里中葉平《さとなかようへい》と彼のマネージャーの堀江高久《ほりえたかひさ》だ。

「あ、裕矢さん。お疲れ様です」

先に見つけたのは裕矢の方だが、葉平は自分からにこやかに挨拶《あいさつ》をしてきた。彼の後ろで堀江も軽く会釈し、まるで品定めするように素早く衣装をチェックしてくる。葉平と裕矢は同期デビューで何かとライバル視される間柄なのでマネージャーとしては当然の行為だと理解はできるが、あまり気分の良い視線ではなかった。

「映画の撮影ではずっと一緒だったから、何だか懐かしいですね」

「ああ、うん。元気にしてた？」

どういうわけか、同じ年のくせに葉平は常に敬語で話しかけてくる。だが、裕矢は目上の人間以外には基本がタメ口なので、そこも何となく居心地の悪い原因だった。

「お蔭《かげ》様で、俺の方は元気いっぱいです。健康だけが取り柄ですから。あ、でも……」

「ん？」

「あの、ごめんなさい。でも、大丈夫ですか？　裕矢さん、ちょっと顔色が良くないみたいです。もしかして、疲れているのかなぁって……」

「顔色？　俺の？」

驚いて問い返すと、葉平は恐縮しきった顔で小さく頷く。こちらに含むところがあり、対抗心むきだしの堀江と違って、彼は本当に優しい性格の持ち主だ。仕事に対しては野心も根性も隠さないが、決して他人を蹴《け》落とそうという考えは持っていない。つまり、本心から心配して言ってくれた言葉なのだ。

（そういえば、メイクさんも似たようなこと言ってたな）

ちょっと顔色が沈んでるから、明るめの肌にしとこうね。軽い口調で話されたせいであまり真剣に受け止めずに聞き流してしまったが、あれは本当だったらしい。

「スケジュール管理、上手くいってないんじゃないか？」

「堀江さん、そんな言い方……」

どこか嬉しそうに嫌みを言う堀江を、葉平が困った顔で窘《たしな》める。だが、裕矢はいちいち気にかけてなどいられなかった。健康管理は自分に課せられた最大の義務だし、これからもっと忙しくなるというのに今倒れてなどいられない。

「裕矢、どうした？　先にスタジオ入りしておくようにと……」

「田宮さん……」

後から追いつくから、と先に送り出していた田宮が、不審げな顔でやってきた。だが、すぐに堀江と葉平の存在に気づくと、その表情が冷ややかになる。

「これはこれは、田宮さん。ご無沙汰《ぶさた》しています」

かつてアイドルと担当マネージャーだった関係故か、堀江と田宮の間には微妙な空気が付き纏ったままだ。心なしか、ご満悦だった堀江の笑顔も少し引きつっているように見えた。

裕矢には遠慮なく無礼な態度が取れても、田宮が相手だと構えてしまうらしい。

「もうすぐ、そちらはツアーが始まりますね。チケットは即日完売、オークションでプレミアが付いているそうじゃないですか。追加公演もすぐ決まったし、おめでとうございます」

「ああ、どうも。葉平くんの活躍も拝見しているよ」

「ありがとうございます。うちは歌に力を入れているんで、裕矢くんの成功は大いに励みになりますよ。来年は、葉平のドームツアー企画してますから」

「ドーム……そうか。それは、何とも華やかな話題で羨《うらや》ましいな」

「え……」

素直に感心した声を出す田宮に、堀江は些《いささ》か面食らったようにたじろいだ。しかし、その話に関しては裕矢も（すげぇ）と本心から思う。もともと葉平は甘い美貌と歌唱力のギャップ萌えが売りで、ＣＤセールスにはデビュー時から力を注いでいた。その努力が報われたのだと、他人事ながら尊敬の気持ちが胸に湧き起こる。

「おめでとう、葉平。やったじゃん」

「あ、ありがとうございます」

照れ臭そうに目元を染め、慌てて葉平が頭を下げた。

「でも、裕矢さんこそツアー頑張ってください。待ってるファンの人、たくさんいるんですから。それと、本当に身体《からだ》には気をつけてくださいね。ツアーの合間に映画のキャンペーンとか宣伝活動もあるし、しばらく休めなくなるんでしょう？」

「そうだな。ま、忙しい内が花だし。お互い、頑張ろうな」

「はい」

「ほら、そろそろ行くぞ。もう五分押してる」

思いの外和《なご》やかな空気になったのが不本意なのか、堀江がそそくさと葉平を促して歩き始める。オーディションでは姑息な妨害をされて頭にきたが、思えばあれで田宮の本音を知ることができたのだ。事務的で冷たい人かと思っていた彼の意外に熱い情熱に触れ、裕矢は二人三脚で走っていく覚悟を決めることができた。

「終わりよければ……ってヤツか」

「どうした、裕矢。私たちも急ぐぞ」

「はいはーい」

田宮の素っ気なさは相変わらずで、以前と何ら変わったようには見えない。けれど、会話の温度も仕事へ傾ける熱心さも何もかもが昔とは違っていた。湊が裕矢の『味方第一号』なら、田宮は『第二号』だ。それだけで、もっともっと先へ進んでいける気がする。

(そうだよ。疲れてる、なんて言ってられないよな。頑張らなきゃ)

顔色を見咎《みとが》められないよう、わざと田宮を追い抜いて裕矢はスタジオへ駆けていった。

松ノ宮の学年末試験は、三日間に亘《わた》って実施される。

今日はその最終日で、湊は朝からどうにも落ち着かなかった。裕矢もよく勉強していたし、さほど結果に不安はなかったが、それでも万一ということもある。学校側に芸能活動を認めてもらう条件の一つが『成績を落とさない』なので、家庭教師としては責任重大だった。

「くそ、裕矢の奴、手応《てごた》えがあったかどうかくらい連絡すりゃいいのに」

動物園のライオンよろしく、狭い自室の中をうろうろと歩き回る。試験中は完全オフだと聞いていたので、仕事に出ているということもなさそうだ。それなのに、とっくに試験が終わっている時間になっても湊の携帯は沈黙を守り続けていた。

「……まぁ、わかってるよ。勝手な言い分だよな」

ほっと短く息をつき、ようやく足を止めて軽い自己嫌悪に浸《ひた》る。

家庭教師をしている期間、何度も気持ちが挫《くじ》けそうになった。せっかく裕矢が目の前にいて、自分だけに笑顔を向けてくれているのに、恋人の顔を見せられなかったからだ。心を鬼にして雑談を避け、極力身体に触れないように努力した。しかも、冷たくしすぎてもいけないので口調や声音、表情にまで気を張らねばならず、結果的にずいぶんわざとらしい対応が目立ったことと思う。

「やっぱり、俺は天地が引っくり返っても役者は無理だな……」

不幸中の幸いなのは、懸念したほど裕矢が拗ねなかったことだ。初めの内は文句を言ったりつまらなそうにしていたが、癇癪《かんしゃく》を起こして揉《も》めることはなかった。これは、歴代の家庭教師をどんどんクビにしていった逸話の持ち主としては異例の我慢強さだ。

「…………」

いや、そういう問題じゃないだろ。

心のどこかで、別の自分がそう言った。

確かに、田宮に二人の付き合いを容認してもらうためには出された条件を呑むのが一番手っ取り早い。裕矢がアイドルだという自覚を忘れて行動しないよう、今から湊の方で上手い距離の取り方を覚えておくのは賢いやり方だとも思った。

「でも、上手い距離って何だ？　起きてもいないトラブルのために、やせ我慢しなきゃいけないってことか？　不自然な芝居までして、慕ってくる裕矢をあしらって。俺は、そんなことがしたくてあいつと付き合っていたんだっけ？」

見極めたいのは、あなたたちの基本姿勢――そんな風に田宮は言った。

恋愛にうつつを抜かして裕矢が暴走しないよう、年上の湊がしっかり対応できるか、まずは確かめさせてほしいと。だから、湊も承諾した。理性的な言動は、恋を長続きさせるには不可欠な要素だと信じたから。

「は……ダメじゃん、俺……」

電話一本の連絡がないだけで、こんなにも心が掻き乱されるのだ。どこが理性的な言動だよと、自嘲《じちょう》せずにはいられなかった。

「あ……」

小さく息を吐いた時、握り締めていた手の中で携帯が鳴り出した。不意をつかれて危うく落とすところだったが、何とか堪えて電話に出る。発信元を確かめるヒマもなかったが、相手が裕矢であることを湊は強く願っていた。

「もしもしっ？」

『――もしもし、百合岡さんですか』

「え……あ、田宮さんですか？」

期待に反した低めの声に、みるみる覇気《はき》が失せていく。しかし、落胆している場合ではなかった。田宮が連絡をしてくるなんて、裕矢に何かあったとしか思えない。

「どうかしたんですか。もしや試験で何か……」

『いや、実は……』

「田宮さん？」

珍しく歯切れの悪い物言いに、湊の胸は嫌な予感でいっぱいになった。確かめるのが怖い反面、しっかりしなくてはと己を叱咤《しった》する。たとえどんな知らせであろうと、今こそ冷静さが必要な時だ。

「言ってください。裕矢に何かあったんですね？」

『……ええ』

苦々しげな声音に、不安は募《つの》っていくばかりだ。

湊は素早く深呼吸をし、次に聞かされる言葉に耳を傾けた。

電話で告げられた病室のドアを、控えめに二回ノックする。個室なので他人の目を気にすることはないが、それでも返事が来るまでに廊下をぐるりと見回してマスコミが張っていないか確認せずにはいられなかった。

「ああ、百合岡さん。ずいぶん早く着きましたね」

横開きのドアをスライドして、田宮がやや疲労の浮かんだ顔を見せる。彼は意味深に目配せをすると、そのまま廊下に出て後ろ手にドアを閉めた。

「今、裕矢は点滴を受けて眠っています。試験が終了した途端、学校で倒れたようで私の方に連絡が入りました。母親の方は、今医師に説明を受けています」

「貧血？　でも、そんな無茶な勉強は……」

「そうなんです。仕事も試験に備えてセーブしてましたし、百合岡さんに見ていただいて成果は上がっていたはずです。ですから、睡眠不足や疲労が原因ではないでしょう」

「じゃあ、どうして……」

不可解な面持ちで詰め寄ると、田宮はひどく沈んだ様子で目を伏せる。一体、裕矢の身に何が起きたのかと、湊はヤキモキしながら話を待つしかなかった。

（裕矢、この前も俺のマンションで貧血起こしたよな……）

二回も続くとさすがに心配だったが、それだけ彼が無理をしやすいということかもしれない。限界まで本人の自覚がなく、何かのきっかけで突然糸が切れるのだ。強気な発言しか口にしないせいか周囲もつい「強い子」だと思いがちだが、それは他人に頼る術を知らないだけで、本質はとても脆《もろ》い面がある。

（バカだ、俺。味方だなんて言っておいて、俺が追い詰めてどうするんだよ）

すっかり陽《ひ》の落ちた病院の廊下は、照明にリノリウムの床が反射してひどく無機質な印象を受ける。ナースたちの忙《せわ》しない足音やさざなみのような話し声を遠くに聞きながら、もし裕矢が重篤《じゅうとく》な病気だったらどうしようかと、現実感の薄れた頭で考えた。

こんなことなら、と湊は猛烈な後悔に苛《さいな》まれる。

いくら田宮との約束があったからって、もっと甘やかしてやれば良かった。

想像でしかない未来を憂うより先に、今この瞬間に流れている二人の時間を大事にするべきだったのだ。焦って認めさせようとしたせいで、与えられるはずの安らぎを裕矢に味わわせることができなかった。

「田宮さん、俺……」

「私は、マネージャー失格です」

唐突に、田宮の呻《うめ》くような呟きが耳に入った。湊は驚き、思わず彼を凝視する。最近はだいぶ喜怒哀楽が出てきたとはいえ、こんな苦しそうな表情を見るのは初めてだった。

「数日前から、もしかして体調が悪いのかと疑うことはあったんです。たまに顔色が良くなかったり、反応が遅かったり。でも、おや？　と思った次の瞬間、もう明るく笑っていつもの裕矢に戻っていたもので、気の回しすぎだと……」

「田宮さん……」

「スケジュールには余裕をもたせていたので、それを過信していたのかもしれません。医者が言うには、何らかのストレスが要因ではないかと。詳しい検査はこれからですが、恐らくは精神的なものが貧血や発熱となって出たのだと説明されました」

「ストレス……ですか？」

湊の胸が、ズキンと鋭く痛んだ。それなら、彼にストレスをかけたのは自分だ。ぎこちない態度で距離を置いたことを、きっと裕矢は気に病んでいたのだ。

「いえ、百合岡さん。そうではありません。私の責任です」

表情を読んだのかきっぱりと否定し、田宮がこちらを見返した。

「本当です。あなたが、責任を感じる必要はありません。そもそも、意地の悪い条件を出したのは私ですから。その結果、裕矢を精神的に追い詰めてしまったんです」

「…………」

「実は……裕矢は知っていました。あなたと私の間で交わされた約束を」

「え……」

すぐには意味が呑み込めず、湊は半《なか》ば呆然《ぼうぜん》とする。それほど、田宮の言葉は意表をついたものだった。そもそも湊に口止めをしたのは、他ならない彼だったはずだ。

「どういう……ことですか……」

問い質《ただ》す声が、緊張に上ずった。

もしや試されていたのは自分一人だけで、田宮と裕矢は初めから示し合わせていたのだろうか。そうだとすれば、さすがにショックだ。

「裕矢は、すぐに自力で気づいたんです。あなたが隠し事をしていると」

湊の顔色が変わったのを見て、田宮はやんわりと誤解を解こうとした。実際、上手く芝居ができたとは思っていなかったので、そう言われれば納得もいく。だが、それならどうして裕矢は知らん顔を続けていたのか、その辺がどうしても腑《ふ》に落ちない。白黒はっきりさせたがる彼の性格なら、すぐにも詰め寄ってきそうなものだ。

「きましたよ、私のところに」

まるで心の独白が聞こえていたかのように、田宮は苦笑いを浮かべた。

「あなたの態度がおかしい、何か吹き込んだんじゃないかと。そう思ったきっかけは、うたた寝する自分の側で百合岡さんが〝頑張ろう〟と呟いていたからだそうです」

「え……俺、そんなこと言ってましたかっ」

「どうも、そうらしいですよ。その前から妙だなとは思っていたので、これは何かワケありだろうと察したようです。仕方がないので、私との約束なんだと白状しました。でも、裕矢にバレた以上は意味がないから反故《ほご》にしよう、とね。そうしたら、何て言ったと思います？」

「気づかない振りをするから、続行しよう……ですか」

「そうです」

やれやれ、と嘆息し、彼はゆっくりと頭を振る。そこにいるのは、自分と裕矢を阻《はば》む壁としての存在ではなかった。ただ純粋に裕矢の身を案じている、一人の有能なマネージャーだ。

いや、と湊は思い直す。

もともと、彼は壁などではなかったのかもしれない。

「だけど、裕矢はどうしてそんなことを言い出したんだろう。だって、俺だけが頑張ったところで田宮さんを納得させられないのに……」

「自分自身を試すんだ、と言っていましたよ。あなたに諭されるのではなく、自分の意志で恋愛と仕事の両立ができるようになりたい、と」

「…………」

「裕矢に怒られました。俺はプロなんだから、見くびるなって。百合岡さんのことと仕事は別だ、誰かに諭されたりするまでもなく、公私混同して周りに迷惑をかけたり仕事が疎《おろそ》かになるような真似は絶対にしないってね」

その時の光景を思い出したのか、田宮はくすりと笑みを零した。自責の念は変わらず表情に影を落としていたが、それでもどこか誇らしげだ。

しかし、湊には彼の気持ちが我が事のようによくわかった。裕矢ならそう啖呵《たんか》を切ると、どうして思い至らなかったのかと今更のように思う。十七歳という年齢と、自分だけに見せる無防備な幼い顔に勘違いさせられたが、本来の彼はアイドル歴三年のプロなのだ。

（俺……本当にわかってなかった。裕矢のこと、いっぱしに守るつもりで……）

きっと、裕矢はプライドを大きく傷つけられただろう。彼にとって一番の財産を、あまりに軽んじた行為だった。諭す、なんて何様のつもりだよと、傲慢《ごうまん》だった己が恥ずかしくて居たたまれなくなる。

（裕矢、そんなことおくびにも出さなかった。知らない顔で、我慢して）

やっぱり、自分は彼に相応《ふさわ》しい器ではないのかもしれない。

自己嫌悪に襲われた湊が、そう弱気になった時だった。

「でも……やはり、多少はやせ我慢していたようですよ」

田宮は病室のドアを振り返り、しみじみとした口調で言い出した。

「あなたとの間に妙な距離が空いたことを、内心では倒れるほど気にしていたんですから。まったく、そこまで強情を張らなくてもいいのに。困った子です」

「田宮さん……」

「裕矢に一番必要なのは、安心して安らげる場所です。見栄も体裁もいらない、素のままの自分を自然に曝《さら》け出せる相手なんです。私は彼を信用しなかったばかりに、それを取り上げてしまうところだった」

「………」

何と返せばいいのか、言葉が見つからないまま湊は頷く。だが、心の中では「それなら自分も同罪だ」と思っていた。

目の前で裕矢が眠ってくれる事実を、もっと大切に考えるべきだった。田宮に認められたい一心で、今必要とされている手を自ら引いてしまうところだったのだから。

「田宮さんの立場では、それは仕方がなかったと思います」

「百合岡さん?」

「だって、あなたは言ってくれたじゃないですか。一個人としては、俺を信用してくれているって。でも、マネージャーとしては簡単に認められないと」

「……はい」

微かに後悔の念を滲《にじ》ませながら、田宮が真っ直ぐこちらを見返した。

「その言葉に嘘はありません。だからこそ、問答無用で引き離す真似はできなかった。私はただ……あなたの自覚を促したかったんです。アイドルと付き合うという、普通の恋愛とは言えない状況の中にいることを」

「確かに、全然普通の恋じゃないですね」

小さく苦笑し、きらきらと光を撒《ま》き散らす裕矢の笑顔を思い浮かべる。

彼に魅了された多くの人たちにとって、それは身近にありながら決して手の届かない、夢物語の王子か天使のような存在だろう。自分が触れてしまったのは、そういう相手なのだ。

綺麗な見た目の割に口が悪いし中味はお世辞にも天使とは言えないが、見ているだけで人を幸せな気分にさせるのは、彼に備わる稀有《けう》な魅力だと思う。

「でも、裕矢が求めているのは、どこにでもあるありふれた恋を俺とすることなんだと思います。普通に会って、笑って、触れ合ってドキドキして。もちろん、人前で堂々と恋人宣言はできませんが、それは仮に裕矢がアイドルでなかったとしても避けられないことだ。俺たちが同性同士である以上、どんな職業や環境にあろうと同じです」

「百合岡さん……」

「すみません。俺、勘違いしていました。時間がかかってもいいから、自分たちの自然な付き合いを田宮さんに認めてもらわなきゃいけなかった。無理や我慢は、できるだけ裕矢にさせたくない。あいつが倒れてから気づくなんて恋人失格だけど、今、心の底からそう思っています。これが、普通でない相手と恋愛している俺が出した唯一の結論です」

「…………」

深々と一礼し、もう決して揺らがないと自身に誓った。

たとえ住む世界が違ったとしても、裕矢が求める限りいつでも手を差し伸べる。彼が恋に溺れて公私混同したり、我を失うなんて考えるだけ失礼だった。重責を負い、すぐに頑張りすぎてしまう恋人のために、自分はどっしり構えて帰れる場所を作っておけばいいのだ。

行ってあげてください、と田宮が微笑《ほほえ》んだ。彼もまた、迷いが吹っ切れたような目をしている。

湊は軽く頷き、少し緊張しながら病室のドアに向かった——。

「……で？　結局、田宮さんは黙認してくれることになったの？　ならないの？」

ツアー先の名古屋から映画のキャンペーンで東京へ戻った裕矢が、シンデレラよろしく日付の変わるギリギリ手前でマンションへ滑り込んでくる。まだ弾む息の下から開口一番に飛び出してきたセリフに、玄関で彼を抱き止めた湊は思わず噴き出してしまった。

「おまえなぁ、他に言うことないのかよ。二週間ぶりに会うっていうのに」

「だって、目下の関心事はそれに尽きるじゃん」

景気よく答えたものの、さすがに色気がないかと思い直したらしい。腕の中からこちらを見上げ、裕矢は少し背伸びして唇を近づけてきた。

「ん……」

柔らかな感触と共に重ねた場所から、甘い微熱が広がっていく。駆けてきた恋人の冷えた唇が温まるのに、大した時間はかからなかった。

「もう三月だっていうのに、夜はまだ少し冷えるなぁ」

苦笑いしながら唇を離し、裕矢をぎゅっと抱き締める。何とも慌ただしい再会の儀式が済んだ後は、じんわりとこみ上げる喜びが互いの胸を満たしていた。

試験の後で倒れた裕矢は幸い検査の結果も異常はなく、あれからすぐ母親と自宅へ戻っていった。湊が彼の母親と顔を合わせるのは初めてだったが、いろいろ噂に聞いて想像していたよりもずっと普通の女性で、むしろおっとりと優しげな美人だったことに驚いた。

『まぁ、あなたが雅恵《まさえ》さんの息子さんなの？　いつも裕矢がお世話になっています』

こちらが恐縮するほど丁寧な挨拶を受け、戸惑いつつ湊も頭を下げる。母親同士が友人というツテで転がり込んだバイトだったが、それがこうまで自分の運命を決定づけるとは思わなかった。だが、今ではその繋《つな》がりに心から感謝している。

『おまえって、母親似だったんだなぁ』

後日、感心しながらそう言うと、裕矢は露骨に嫌そうな顔をした。だが、事実なのだから仕方がない。

『最近さ、俺に隠れてこっそり出演番組の録画とかしてるんだよ。やめろっての』

そんな憎まれ口を叩いているが、実際は満更でもなさそうだ。裕矢にとって母親の理解を得ることは一番の願いだったはずなので、湊もひとまず安堵した。

（でも、相変わらず実家をスルーして、こっちに来ちゃってるなぁ）

後ろめたくないと言えば嘘になる。けれど、特別に思われているのはやっぱり嬉しいものだ。勝手知ったる部屋へ遠慮なく上がり込む裕矢の背中を見つめ、こうしていつでも気軽に帰ってくるならそれでいいやと、湊は笑って跡を追った。

「あれ？　湊、勉強中だった？　ごめん、邪魔しちゃったかな」

「いや、レポートをまとめていただけだから大丈夫。今度受ける会社、入社試験に企画書提出が義務づけられているんだ。だから、その下調べしてた」

「受ける会社って……湊、去年内定もらってるって言ってなかったっけ。確か、大きな商社か何かだったよな。で、田舎に帰らないってことでお父さんと喧嘩してるんじゃ……」

「よく覚えてるなぁ」

ノートパソコンの液晶を閉じ、乱雑に広げた資料や本を片付けながら、何だかひどく懐かしい気持ちになる。父親と揉めて仕送りを止められ、挙句にバイトもクビになった時、母親から足元を見るようなタイミングで頼まれたのが家庭教師だった。

「あれから、半年以上たったのか……」

「え、何か言った？　そうだ、俺、コーヒー淹《い》れるね」

キッチンへ立つ裕矢の右手には、棚から出してきた自分専用のカップがある。食器に限らず、じわじわと陣地を広げるように彼の私物が部屋に増えつつあった。安物のコーヒーメーカーの扱いも、もうすっかり手慣れた様子だ。

（普段、人のためにコーヒーを淹れるなんて機会はそうないんだろうなぁ）

そんな風に思うと、これもまた恋人の特権かと頬が緩んできそうになった。

はい、と渡されたカップに口をつけ、向かい合って座りながらしばし沈黙する。そんな、どこにでもいるカップルと同じことをする時間が無性《むしょう》に愛《いと》おしかった。それは、多分裕矢も感じているだろう。

「あのさ、裕矢」

「うん？」

「俺、別の会社を受け直そうと思うんだ。大学の先輩の紹介で、小さな出版社が人を探してるって聞いたから。もし採用されることになったら、在学中はアルバイトってことで使ってもらう。そうなったら、もう今後は裕矢の家庭教師をやる時間は取れなくなるけど……」

「え……」

淹れたてのコーヒーからくゆる湯気に、裕矢が軽く眉をしかめた。もしかしたら、それは湯気ではなく湊の話のせいだったかもしれない。だが、彼は黙って続きを待っていた。

「考えたんだ。俺も、裕矢に負けないくらい打ち込める仕事がしたいって」

「………」

「田舎に帰るのが嫌で何となくで決めた就職先だったけど、初めはそれでもいいかと思っていた。何事も飛び込んでみなきゃ始まらないし、張り切って掲げた理想を現実にへこまされるのは嫌だしな。だけど、裕矢を見ていたら俺も守りじゃなく勝負に出てみたくなった。リスクを見越して臆病になるよりも、とにかく当たって砕けろな精神でいきたいんだ」

「俺を見て……？」

「ああ。真摯《しんし》に『アイドル』って仕事と向き合っている裕矢と、俺も堂々と並んで歩きたい。そうじゃなきゃ、おまえも安心して俺のところへ帰ってこられないだろう？」

「湊……」

「以前から、考えてはいたんだ。俺のしたいこと、目指したいものって何だろうって。それが編集かどうか、正直言って断言はできない。だけど、明らかに惰性で受けた企業より、話を打診された時に〝やってみたい〟って素直に思ったんだ。その気持ちに従うつもりだ」

今の言葉は半分は本当だが、もう半分は嘘だ。

やってみたい、と感じたのは、職種が編集だったからではない。上手く言えないが、今までと違う世界を見たいという欲求が働いたからだ。そんな甘い考えでは、と躊躇《ちゅうちょ》する自分を抑えつけ、あえて踏み出してみようと決心した。

（それに……似ていたんだ。決めた時の高揚が、裕矢に踏み込んだ時のものと……）

だから、湊は確信している。

この直感は、きっと外れない。

「学術書とかがメインの、けっこう堅いところらしい。でも、規模が小さい分いろいろ自由度も高いらしくて、新人の意見でも使えると判断されればどんどん会議に上げてくれるみたいなんだ。お堅い出版社から、『久遠《くどう》裕矢の松ノ宮受験必勝法』とか出たら面白いだろ？」

「え！　俺、ヤダよ。そんなの書かないよ！」

「……いや冗談なんだけど」

真に受けて狼狽する裕矢が可愛くて、つい声を上げて笑ってしまう。初めはムッと膨《ふく》れていた彼も、あんまり湊が楽しそうに笑うのでとうとうつられて表情を崩した。

「まったくもう……浮かれてんなぁ」

呆《あき》れた様子で嘆息し、猫のように身を摺《す》り寄せてくる。その肩に腕を回してしっかりと抱き寄せると、湊は打って変わって静かな声音で語り出した。

「田宮さんのことはさ、一番近くにいる裕矢の方がわかるんじゃないか？」

「それが、そうでもないんだよ。あの人、相変わらず鉄面皮っていうか何を考えているか全然わかんないし。あ、でも俺がぶっ倒れて以来、少しだけ説教が減ったかも」

「そっか……でも、まぁ大丈夫なんじゃないかな。俺が社会人になって、一人前の男に成長したら見る目も変わってくるだろうし。そうしたら、改めてきちんと話してみるよ」

「〝裕矢くんを、僕にください〟って？」

「ば……ッ」

以前にも似たようなやり取りをしたな、と思った瞬間、不覚にも顔が真っ赤になる。たかが十七歳、結婚なんて絵空事にすぎない男子高校生の戯言《ざれごと》だ、と頭ではわかっているが、惚《ほ》れた相手からの不意の攻撃は十二分に破壊力があった。

「ちょ、湊ってば。今度はそっちが真に受けるなよっ。焦るだろっ」

照れが伝染したのか、みるみる裕矢まで赤くなる。抱き寄せる身体は体温が高く、彼が身じろぐと仄《ほの》かにいい香りがした。

「いや、まぁ、いつかは……」

「え……」

ボソリと呟いた湊の言葉に、裕矢が至近距離から見つめてくる。

真っ直ぐな眼差しの熱に浮かされ、気がつけば唇が勝手に動いていた。

「──うん。いつかは、そういう風に言うかもしれない」

「マジで……」

「ただ、田宮さん攻略の後には、裕矢のお母さんが控えてるけどな」

「うっわ。それ最大の難関だよ。勝てる気がしない」

「勝てるさ」

間髪容れずに白旗を上げそうになった裕矢へ、にこりと笑いかける。

「大丈夫、きっと勝てる。それには膨大な時間と、努力と、何より俺たちがしっかり絆《きずな》を育てていくのが条件だけど。でも、俺は大丈夫。覚悟はとっくに固めてる」

「お、俺だって大丈夫だよ！　ガキだからって信用してないかもしんないけど！」

憤然と声を張り上げ、彼は湊の襟《えり》に摑《つか》みかからんばかりに迫る。間近から射貫《いぬ》くような鋭い視線を浴びせられ、心臓が痛いくらい高鳴った。

ヤバい、このまま見つめられたら動悸が収まらない。

不埒《ふらち》な息苦しさに襲われ、湊はごくりと唾《つば》を飲み込んだ。

つい先日、ファンにとっての裕矢は「王子か天使のような」と形容したが、我ながらベタで陳腐な喩《たと》えだなと少し気恥ずかしかった。けれど、この瞬間、裕矢は間違いなくファンタジーな存在だった。そうでなくて、こんなに綺麗な男子高校生がいるだろうか。

（い、いやいやいや、落ち着け。アイドルなんだから、オーラはあって当たり前！　目線も角度も表情も、一番魅力的な見せ方を心得ているプロなんだぞ！）

自分といる時の裕矢が計算しているとは思わないが、自然と身についた仕草や甘えを含んだ瞳などは、やっぱり素人離れした煌《きら》めきを放っている。素の状態でこうなのだから、コンサートで生の彼を前にしたファンの子たちがどれほど熱狂しているかは想像に容易《たやす》かった。

（そんな子を、俺が独り占めしているんだよな……）

何を今更、と裕矢には笑い飛ばされそうだが、改めて考えると凄《すご》いことだ。

「なぁ、裕矢」

「何?」

「俺のどこが……」

そこまで言いかけて、ふと唇が止まった。好きになった理由なんて、今となっては何でもいいような気がしたのだ。それよりも大事なのは、明日も明後日も一点の曇りもなく「愛している」と口にできること。相手への想いを、大切に磨き続けることだ。

「好きだよ」

理由を訊《き》く代わりに、愛をささやいてみた。

そのまま淡く唇を重ね、天使を腕の中に閉じ込める。

「うん、俺も好き。湊が大好きだよ」

シロップのような甘い響きで、裕矢がキスを返してきた。

あとがき

こんにちは、神奈木智です。このたびは「天使のあまい殺し方」を手に取っていただき、どうもありがとうございました。ちょっと勝ち気なアイドルと平凡な大学生のロマンス、楽しんでいただけたでしょうか。高星様の描かれる美麗なイラストが裕矢のアイドル設定に大きな説得力を与えてくださった本作、読み終わった時、皆様の顔が笑顔になっていると嬉しいな、なんて思いながら頑張りました。

何を隠そう、アイドルと一般人という組み合わせは非常にツボだったりします。漫画、ドラマ、映画等々のそういった主題のものには、目をハートにして飛びつきます（「ノッティングヒルの恋人」なんて大好きすぎる）。絶対普通ではありえないけれど、誰でも一度は夢見たことのあるシチュエーションを自分が書ける幸せを、今回は満喫いたしました。元は雑誌掲載作ですが加筆改稿の作業に入った時もときめきは変わらず、三つ子の魂なんとやらで最後まで書くのが楽しくてたまりませんでした。

この先、裕矢は少しずつ俳優にシフトチェンジしていって、若手の実力派として映画スターになっていきます。一方の湊は、弱小出版社であれこれ揉まれつつも地味に愛される本を作り続け、三十代でひょんなことから雑文を書くようになり、気がつけばシナリオライターに。そんなこんなで、百合岡湊脚本、久遠裕矢主演の映画が作られていく……なんてことになるかどうかはわかりませんが（笑）、まぁそういう二人になっていきそうです（そうなったら、主題歌はアイドルからアーティストへと成長した里中葉平で決まりだな）。

先ほどもちらりと触れましたが、イラストは高星麻子様が担当してくださいました。見てお分かりの通り、もうめちゃくちゃ美しいです。私は高星様の描かれるキャラの宝石のような瞳が大好きで、ただ綺麗なだけじゃなく凛とした意志の宿った眼差しにいつもうっとり魅了されてしまいます。裕矢がアイドルとして作中で輝けるのも、そんな高星様のイラストがあればこそ。お忙しい中、本当にどうもありがとうございました。

今年の夏は猛暑で、あとがきを書いている今も正直へろへろな状態ですが、少しずつ夜の風に秋の気配が混じり出したように思います。この本がお手元に届く頃には、それがもっと濃厚になっているでしょうか。締め切りに追われている間に季節はどんどん移ろっていきますが、次にルチル文庫さんでお会いする頃にはすっかり寒くなっていそうです。それまで、どうか元気でお過ごしくださいね。私も夏バテから立ち直り、また張り切って新作をお届けできたらと思います。

ではでは、またの機会にお会いいたしましょう——。

神奈木　智拝

https://twitter.com/skannagi（ツイッター）http://blog.40winks-sk.net/（ブログ）

エロが足りないと思います。

俺が真剣な面持《おもも》ちで言った途端、湊《みなと》が飲んでいたコーヒーを噴いた。

「は？　え？　何、今やってる仕事の話？」

「違うよ。大体、高校卒業したからって、俺まだギリで未成年だしね。エロい仕事していたら、そっちの方が問題だろ。つか、本気でボケてたの？」

「ほ、本気も何も、夕飯食ってコーヒー飲んでる場でいきなり言われても、違和感しか感じないセリフっていうか。裕矢《ひろや》の方こそ、飯食いながらエロのこと考えてたのかよ？」

成人男子とは思えない狼狽《うろた》えっぷりに、俺は内心ちょっと萌《も》えてしまう。付き合いたての頃はうんと大人に見えたけど、湊って案外純情なところあるし、変なところで真面目《まじめ》だし、周囲にたむろするスレた二流アイドルよかよっぽど心根は少年っぽいと思う。

まぁ、そんな俺の感想はともかく、エロが足りないっていうのは本音なわけで。

湊と付き合ってもうすぐ二年になるけど、お互いに生活環境が違いすぎることもあって、二人きりで過ごせた時間なんてトータルでも半年分がせいぜいだ。つか、それさえ驚異の数字だし、いかに俺が隙間《すきま》を縫《ぬ》って通っているかを如実に物語っている。編集業の湊も不規則な仕事ではあるけど、やっぱりアイドルの比ではないからだ。

「ええと、まぁ、とりあえず落ち着いて話そうか。あ、その前にコーヒー片づけないと」

「俺は落ち着いてるよ。湊こそ、少し冷静になれば」

「…………」

もっともだ、と思ったかどうか知らないが、一度深く溜《た》め息《いき》をついた後、湊はいつもの穏やかな表情を取り戻した。そうして床の上で居住まいを正すと、きちんと俺を見つめて向き合ってくる。俺の家庭教師をしていた頃、芸能関係者から何度も役者に間違われたという話も頷《うなず》ける、なかなかの男前だ。

「……で？　俺に何が言いたいのかな。エロの足りない久遠《くどう》裕矢くん？」

「あ、何か棘《とげ》のある言い方だな。何だよ、俺がそういうこと言っちゃダメなのかよ」

「ダメじゃないけど、理由とかきっかけがあるんだろう？　俺としては、そっちの方が気がかりだ。裕矢に、変なことを吹き込んだ輩《やから》がいるのかもしれないし」

「う……」

恋人としての二年間は、さすがに伊達《だて》じゃない。

鋭く核心をつかれ、俺はたちまち言葉に詰まった。

「大体、最後までしようと思ったら、裕矢の方が負担は大きいだろ？　ちゃんと馴《な》らさなきゃならないし、前準備も必要だし、翌日の仕事に響かないよう配慮もしないと……」

「わ～っ！　わ～っ！」

デリカシーの欠片《かけら》もないセリフで追い詰められ、たちまち形勢が逆転する。頭の中では、これまで湊にされてきたあんなことやこんなことが漫画のコマのように次々と浮かび、恥ずかしさの余り突っ伏しそうになった。

……ダメだ。俺も大概だった。二十歳《はたち》目前の男が、何を照れてるんだっていう。

「あ、でも俺って童貞なんだよな。十七歳で湊と付き合って、ずっと一途なんだから」

「その件に関して、俺はどうコメントすればいいんだ？」

ひょこっとテーブルから顔を上げると、反応に困り切った顔が目に入る。正直、俺はもうこればかりはしょうがないなと悟りの境地なんだけど、湊はちょっと責任を感じているようだ。当たり前だけど、向こうは過去に付き合った子がいて、それなりに健全な男女の営みというものにも免疫がある。だから、余計に俺への負い目が強いらしい。

「う～ん、困ったな。こればかりは〝じゃあ、経験しておいで〟と送り出すわけにはいかないし。ていうか、もしかしてエロが足らないって、そういう意味だったのか？」

ハッと顔色を変えて、奴はとんでもないことを言い出した。

「おい、裕矢。もし、そうなら……」

「はぁ？　俺が女とヤリたいから、湊に文句言ってるって？　それ、本気で言ってんの？」

「や、その、そうじゃなくて」

「…………」

「……ごめん」

呆れ返った俺が氷点下の視線で突き刺したせいか、湊はすぐに謝ってくる。けど、俺はだいぶ機嫌を損ねていた。いくら何でも、その発想はひどい。仮に冗談だったとしても、相手が湊じゃなきゃぶん殴っているところだ。

あ〜あ。何だか、がっかりだな。

俺、湊にはそんな風に思われていたのかなぁ。

「裕矢……」

あんまり俺が落ち込んで見えたのか、深い悔恨《かいこん》を滲《にじ》ませた声がそっと俺を呼んだ。でも、俺は聞こえない振りをする。せっかくのオフ日、やりたいことはいくらでもあったけど、俺は湊と二人きりで過ごす時間を選んだのに。どうして、こうなっちゃうんだろう。

「裕矢、ごめん。あの、おまえがいきなりエロとか直球なこと言い出すから、俺もちょっと驚いちゃって。さっきのは、本当に失言だった。本気で言ったわけじゃないんだ」

「…………」

「考えてみれば、今日は俺の方が仕事だったから、裕矢は一日俺のマンションで待っていてくれたんだもんな。貴重な時間を、俺のために使ってくれてありがとう」

段々、声が柔らかさを帯びてきて、湊の気配が近づいてきた。それにつれて、俺の鼓動や体温が少しずつ変化をし始める。とうとう背後から抱き締められると、悔しいが怒りを持続するのが難しくなってきた。

「俺さ……」

それでも、あっさり陥落《かんらく》してやるわけにはいかない。

俺は湊の腕に手をかけると、渋々と事の発端を話すことにした。

「昨日、ドラマの撮影の待ち時間に皆と雑談してて」

「うん」

「そしたら、一人の子が彼氏と別れたって言いだしてさ。原因はよくあることだけど、忙しくてなかなか会える時間が作れなかったら浮気を疑われて……ってやつ。でも、蓋《ふた》を開ければ浮気してたのは実は向こうで、淋《さび》しいからつまみ食いしてた女の子に本気になっちゃったんだってさ。で、身体《からだ》からの恋だってありなんだねって言われて」

「…………」

「俺なんか、ただでさえ湊に会えなくて。おまけに、男同士だから身体で満足させるのも難しいだろ。湊、俺のこと気遣って最後までしないことも多いし」

何か、話していたら自分が情けなくなってきた。天下のトップアイドル、久遠裕矢の抱える一番の悩みがコレだなんて、ほんっとファンの子が知ったら幻滅するだろうなぁ。

うう、みんなごめん——どこの誰かもわからないけど、応援してくれるファンに向かって俺は申し訳ない気持ちになる。でも、これが本当の俺なんだ。世の中でたった一人、大好きで大事な相手に嫌われるのが何より怖い。そんな、普通にへたれな奴なんだ。

どんどん自虐的になっていたら、ふわりと抱き締める腕に力が込められた。

「可愛《かわい》いな、裕矢」

何だか、凄《すご》く嬉しくてたまらないって声だ。うなじに降りかかる湊の息に、俺はぞくりと肌を震わせる。敏感な反応を知ってか、彼はそのままきわどい位置に唇を寄せた。

「じゃあ、さっきの裕矢は俺を誘っていたんだ」

「さ、誘うって言うかさ……ああもう、どうしてそういう言い方するんだよ。湊って、本当に意地悪だ。俺、知ってるよ。あんたって、純情面してる反面、時々凄くサディストだって。優しい顔にごまかされそうになるけど、けっこうな割合で苛《いじ》められてるし」

「おいおい」

くすっ、と苦笑して、湊が俺の左肩に顎《あご》を乗せる。

「人聞きの悪いこと言うなよ。いつも、押されているのは俺の方だろ。裕矢、爆竹みたいに勢いがあるからなぁ。でも、ごめん。そんな心配をしていたのかと思うと、やっぱり可愛くて意地悪したくなるかもしれない」

「え……あ……」

首筋に湊の唇が触れ、そのまま甘く噛《か》みつかれた。俺はくらりと陶酔に襲われ、全身からゆるゆる力が抜けるのを感じる。吸血鬼に血を吸われるって、きっとこんな快感なんじゃないかな。そんなことを、目眩《めまい》の中でボンヤリと思った。

「好きな時に会えなくたって、俺は裕矢と触れ合うのが好きだよ」

「う……く……」

「裕矢の声、肌、素直な反応。体温だって、こんなにしっくり馴染《なじ》んでる。俺はその全部に夢中だし、会えない分も濃密に愛しているつもりだけどな」

「……ふ……」

耳の付け根からうなじを、妖《あや》しく舌でねぶられる。

シャツの裾《すそ》から潜り込んだ指が、胸の先端をいやらしく弄《いじ》った。

「じゃあ、エロの補充をしようか。裕矢の不安が無くなるまで」

強いアルコールを浴びたみたいに、酩酊《めいてい》が肌まで侵《おか》していく。

しどけなく足を開きながら、俺は甘い予感に頷くのが精一杯だった。

✦初出　天使のあまい殺し方……………小説ショコラ2002年11月号掲載
「僕だけの一等星」を加筆修正、改題
わからずやの恋人たち…………書き下ろし
天使のあまい口説き方…………書き下ろし
天使も夢見る×××………………書き下ろし

神奈木智先生、高星麻子先生へのお便り、本作品に関するご意見、ご感想などは
〒151-0051 東京都渋谷区千駄ヶ谷 4-9-7
幻冬舎コミックス　ルチル文庫「天使のあまい殺し方」係まで。

幻冬舎ルチル文庫

天使のあまい殺し方

2013年9月20日　第1刷発行

✦著者　神奈木 智　かんなぎ さとる

✦発行人　伊藤嘉彦

✦発行元　株式会社 幻冬舎コミックス
〒151-0051 東京都渋谷区千駄ヶ谷 4-9-7
電話 03(5411)6431[編集]

✦発売元　株式会社 幻冬舎
〒151-0051 東京都渋谷区千駄ヶ谷 4-9-7
電話 03(5411)6222[営業]
振替 00120-8-767643

✦印刷・製本所　中央精版印刷株式会社

✦検印廃止

ISBN978-4-344-82930-5　C0193　Printed in Japan